故人不相忘

秋日细雨 著

哈尔滨出版社

HARBIN PUBLISHING HOUSE

图书在版编目（CIP）数据

故人不相忘 / 秋日细雨著 . — 哈尔滨 : 哈尔滨出
版社 , 2021.5
ISBN 978-7-5484-4834-1

Ⅰ . ①故… Ⅱ . ①秋… Ⅲ . ①散文集 – 中国 – 当代
Ⅳ . ① I267

中国版本图书馆 CIP 数据核字 (2021) 第 041923 号

书　　名：故人不相忘
　　　　　GUREN BU XIANG WANG

作　　者：秋日细雨　著
责任编辑：赵宏佳　孙　迪
责任审校：李　战
特约编辑：李　路　孟祥静
装帧设计：刘昌凤

出版发行：哈尔滨出版社（Harbin Publishing House）
社　　址：哈尔滨市香坊区泰山路 82-9 号　邮编：150090
经　　销：全国新华书店
印　　刷：三河市华晨印务有限公司
网　　址：www.hrbcbs.com　www.mifengniao.com
E－ma i l：hrbcbs@yeah.net
编辑版权热线：（0451）87900271　87900272
销售热线：（0451）87900202　87900203

开　　本：880mm×1230mm　1/32　　印张：7.25　　字数：180 千字
版　　次：2021 年 5 月第 1 版
印　　次：2021 年 5 月第 1 次印刷
书　　号：ISBN 978-7-5484-4834-1
定　　价：69.80 元

凡购本社图书发现印装错误，请与本社印制部联系调换。
服务热线：（0451）87900278

/ 目录 /

第一卷　风住尘香

杏花春雨　　　　　　　　　　　　/003

最是光阴惹愁人　　　　　　　　　/005

让光阴一寸一寸地落　　　　　　　/008

是桂香，也是情　　　　　　　　　/010

凋零也是盛放　　　　　　　　　　/012

所有的放下都是成全　　　　　　　/015

秋露　　　　　　　　　　　　　　/018

老吧！老了又何妨　　　　　　　　/021

做你手心的荷　　　　　　　　　　/024

终是雨时情怀满　　　　　　　　　/027

风住尘香　　　　　　　　　　　　/030

那些光阴　　　　　　　　　　　　/032

杏花春雨湿清明　　　　　　　　　/035

春深处惊了人心　　　　　　　　　/038

第二卷　花事不恫心

秋末花事了　　　　　　　　　　/043

荷塘秋色　　　　　　　　　　　/046

紫薇　　　　　　　　　　　　　/049

喊醒冬天　　　　　　　　　　　/052

腊味飘香的小日子　　　　　　　/055

每一片落叶都像蝴蝶　　　　　　/058

素色染春风　　　　　　　　　　/061

花事不恫心　　　　　　　　　　/063

一枝春　　　　　　　　　　　　/066

暗香浮动月黄昏　　　　　　　　/069

人间三月马回春　　　　　　　　/072

桃花十里，我在梦里寻你　　　　/075

二月春事　　　　　　　　　　　/078

雪香　　　　　　　　　　　　　/080

第三卷　寻常光阴

寻常光阴　　　　　　　　　　/085

在冬日里种一树阳光　　　　　/088

越枯萎，越美丽　　　　　　　/090

冬雨　　　　　　　　　　　　/093

一个人，一座城　　　　　　　/095

时光如水　　　　　　　　　　/097

孤独是一个人的清欢　　　　　/100

所有的遇见都是久别的重逢　　/103

半城秋水　　　　　　　　　　/110

秋天的花事　　　　　　　　　/113

我看见月光落在花朵上　　　　/116

夏末未至　　　　　　　　　　/119

文字是不老的情人　　　　　　/122

故人不相忘，惜君如往常　　　/124

第四卷　花香女子

带着花香的女子　　　　　　　/131

雨水穿透我的记忆　　　　　　/135

粽香情　　　　　　　　　　　/138

深情不及久相伴　　　　　　　/141

不辜负就是对自己的认可　　　/145

原来还是那般情长　　　　　　/148

遇见欢喜遇见爱　　　　　　　/151

一片春心付海棠　　　　　　　/154

春分　　　　　　　　　　　　/157

玉兰花开　　　　　　　　　　/159

西安散记　　　　　　　　　　/162

年味　　　　　　　　　　　　/167

又逢初晴雪　　　　　　　　　/169

第五卷　旧时光是一贴花

冬来了　　　　　　　　　　　　　　/175

十五的月亮十七圆　　　　　　　　　/178

秋夜话寻常　　　　　　　　　　　　/181

把每一场相逢当成最美的邂逅　　　　/184

阆中古城　　　　　　　　　　　　　/187

落在夏天的雪花　　　　　　　　　　/191

陪伴是最长情的告白　　　　　　　　/194

对自己好一点别人才会对你好　　　　/197

雨湿枝头，柳绿古镇　　　　　　　　/200

旧时光是一贴花　　　　　　　　　　/203

梦里花开　　　　　　　　　　　　　/206

落红深深　　　　　　　　　　　　　/209

最是樱花灿烂时　　　　　　　　　　/212

心上春　　　　　　　　　　　　　　/214

妈妈　　　　　　　　　　　　　　　/217

有爱的日子孤独也是一种美　　　　　/222

第一卷　风住尘香

杏花春雨

春来时，是二月。

来的时候，有细雨伴着。虽不厚实，但足以煽动人心。

那个清晨，在窗外，我仿佛听见所有的情感都被风声喊醒。那声音，初听，惊心。后来，越来越近，直抵心门，像被一团柔软的东西触及心脏，不可言说，也不能说，甚似醉在一洼雨水里。

那种情怀，似邂逅了一位心爱之人，异常俘虏人心。

"暖雨晴风初破冻，柳眼梅腮，已觉春心动"。这是宋朝女词人李清照《蝶恋花》中的一句。我感觉那时就是这种情怀，沾人，缠绵，且带有深深的情意。那时，只想不沾凡尘事，随风远去。

立在窗前，发呆，幻想着一场盛大的花事到来。

而那场花事，只是为我一人而盛开。是的，一个人，就一个人站在繁花似锦的春天里，听鸟鸣，闻花香，而后随风轻轻起。仿若我置身事外，仿若凡尘世间的那些旧事、旧人，都决绝地与我不再相干。

说到底，还是俗女子一位。见不得诱心的场景，见不得春风二月天里那些风情，让骨头都软弱无力，真真的要命。

二月，多是遐想。一曲《问酒杏花村》听得我心思绵延。真的像杏花雨呀！飘落在手心，甚至眉睫。我亦是善感的人儿，岂能经受得住这样的缠绵。能触及我心的音乐，也只能是这种曲调悠扬，暗藏着某种情怀，足够将心思揉碎的韵律了。荡气回肠，清宁空寂，又似仙气缠身，无可言说呀。

昨天，去了桃林，想看看这个时期的桃树都长成了什么模样，那一树的桃花雨何时能应约我的梦境。

去时，天有点阴，偶尔有冷风出来偷袭。那些桃树呀，还是老样子，光秃秃的枝干，看着让人有点揪心。还好有几株胜似杏花的树开了几束不像样的小花。初时，我误认为是杏花，细看时，才知偶然相撞的小花，不知名，有些尴尬。

那时有雨丝细细地飞，不稠密，但足以打湿枝头。偶尔有细碎的花瓣下落，湿气就跟着缠身。老树杆，枯枝丫，再配上乳白色的小碎花，整个场景清雅至极，甚至我闻到空气里有一层湿漉漉的气味。还有相思味道掺合，是的，就是相思，有点愁人，我确定是。"去年春恨却来时。落花人独立，微雨燕双飞。记得小苹初见，两重心字罗衣。琵琶弦上说相思"。宋代诗人晏几道的词句又触及心事，不由得惆怅几许。

原来，所有的春色来时，都是一场预谋好的煽动人心的戏剧。如此，便可以在这个季节让思念沉积。

杏花，是春天的另类，开得最早，也最为热烈。一到杏花开时，我每每都会跑去乡间。那些白呀，一树比一树惊艳，一朵比一朵开得撩心，一片比一片白得透心，像一幅幅山青水墨，点缀着乡村风情。

初春的温度，在二月也算是清寂。尤其是雨天去看杏花，那气息才是缠绵人心。先是细雨轻飞，一丝一丝地绕，缠在枯黑的树干，绕在半开的花朵上，再下落在早已湿漉漉的心里。如若再有竹笛相伴，那情景，那春色，那微雨杏花，真真地叫人不知归去。

回转时，再摘一枝杏花带回插在古旧的花瓶中。那一刻，只有满屋的香气，那是杏花夹着雨水的情味，清香而凛冽。

最是光阴惹愁人

冬，又在光阴轮换之间深重了颜色。

至小寒后，气温又下降了几度。紧跟着，雨兮兮纷飞。心有点急，不安稳，像是担心着什么。

不知道自己在担忧什么，没有目标，只是心思凌乱，只是而已……有时候想，大概是因为时间？或是光阴？再或许一些未能如愿的心事？总之，就那么让自己不得安宁。

说起光阴，心就开始跟自己急了。这东西太快，快得让人绞尽脑汁都想不出用什么方法来挽留。有时，就好似你一低眉、一转身就活生生在你眼前再也不见，就在你触及不到的距离之外离散。那场景真正的揪心，不得不让人畏惧时间，畏惧光阴老去，畏惧年华衰退，畏惧情感像长了老茧攀附在体内，还在依赖总会有一些东西回旋。

所以我一直在期待什么，期待着什么发生，去掉心里的阴影。哪怕只是片刻的，不再想念，心如止水，多好。

念想的那一刻，内心长满了青草，像春天。既厚实，又温暖，就像我在冬夜写字，思念一个人时，那些寂静和温柔都在。

记得前几天和朋友逛花店，那店内的花花草草让我的心懵然有回春的感觉。进门的刹那，我呆住了，小小的城角处竟然还有如此奇异的花屋。

屋墙角一大盆雪白的塑料花直接伸至屋顶，虽叫不上名字，但那白白的小花确实让人惊艳。小格栏上有很多多肉植物，甚是乖巧。风信子、满天星、吊兰、绿萝……全都招惹着视线，还有一长串儿的东西，很多都是叫不上名儿的品种。

那几束艳得滴血的玫瑰，简直勾魂得不得了，其颜色触目惊心，有情人的味道，有暧昧在体内乱窜。对了，还有那个旋转的古式楼梯，直延伸至楼顶，有穿越的错觉感。扶栏有细碎的花草衬托，古色古香，仿若可以直接走入前朝。喜得朋友几个轮换着上去"臭美"。

那一刻，所有的不安都在这间屋子里消失，一恍然，我在温柔里思念故人，那些走了的时光又回，像春天。

冬深寒气重，外出的时间少。偶尔出门，也是一个人，一个人看枯树，一个人赏梅，一个人在山巅上迎着风吹。那期间，雾气厚重得心都快窒息。枯树一坡一坡，还有那露水压得枝头沉重，仿佛要把心事挤出。

记得秋天也无数次去过那些山头。那时，秋叶金黄；那时，天蓝得让人心跳；那时，所有的秋色和我都在等待。只是没有等到尾声就凋零得面目全非，目不忍睹，目不忍睹呀！整个场景心疼得不得了。

这个冬，终是等不来该来的，如雪花，如感情，如一些温暖……这样想的时候，心就特别低沉，特别难受。

当然，雪花最是吝惜得要命。南方，南方的天怎么能把雪留住？那是不可能的，所以我不再奢求什么。幸好，冬天还有梅花。那梅朵妖艳得异常，其他植物都还在冬眠，她就开始满枝头张扬。花苞苞一朵挤着一朵，半开的，全开的，全都汇集。那场面有多诱人，也就有多忧人。我开始发傻，开始"胡思乱想"。想起那些绝情的话，心又隐隐地沉下去，再沉下去。

南方的冬天，就是这么愁人。冷的时候，霜风就像明晃晃的刀子，伤得人撕心裂肺地疼痛。梅花开时，又像三月，朵朵粉装红颜，妖娆人心。身在花树下，心一阵一阵清冷，一阵阵情绪潮涌，叫人不得安宁。

今冬让人觉得特别漫长，忽而有些憎恨冬天。还好，已是腊月，快过年了。新春，新春不就是预示着春天快来了吗？还有什么不甘心的呢？还有什么纠结可言？

其实，很多事说不清，也不想说。也不再去跟生活计较什么，奢求什么。光阴，本就愁人，我只需从容面对。

南方，是注定无雪的冬天。这个季节，一个人，干净的寂寞着。偶尔，面对光阴发发呆，傻乎乎地做一些只有自己能懂的事，何须他人掂量，记得或不记得，都不必在乎。

让光阴一寸一寸地落

读罢叶子熙的散文《让光阴一寸一寸地落》。

那一刻，那个"落"字，居然让我心莫名地疼痛。

季节，本来就清冷了，再加上这个悲情的字符，越发让光阴、落叶、尘埃，还有那些变了颜色的风景沾满风霜，心就越发感觉秋天的凉意。

是呀，时光轮转得飞快，还没让你明白过来，秋已经过了一半多。很多风景改变了，时间把很多事物也隔离了初始。光阴，也一程程地变短、变薄、变瘦。空气里落下了尘埃，堆积了旧事。风，吹着落叶翻飞，萧瑟加厚。雨，落成了线条，寒凉了秋。

于是乎，这个"落"就成了"罪魁祸首"。

其实，我不在乎季节的演变，我只在乎心情是否舒畅。就像此时，我看见窗前的绿萝，在阳光的斜射下，那影子缓缓移动，有小线条在拉长，有尘埃在空气里翻动，有碎影落在地上，一点一点地聚集，又一点一点地散开。寂寞中带着凌乱，反而觉得那意境远离了红尘喧哗，孤单到小情节都错落有序。

秋深，就多了一层凉意，我的南方小城也早早地受到了牵连。

这几天，雨水泛滥。听着窗外噼里啪啦的滴落声，仿佛这季节的所有凉意就在眉间种下祸根。心情也因受了雨的蛊惑，一直想逃出这个寂静的房间。尽管那时候的雨很大，对我还是不能构成威胁。

雨在落，我在奔走。那些桂花也被雨水湿透，但那香味还在继续散发。只是那被洗刷后的枝叶，花朵有点孤寂。是因为没人欣赏吗？哦，应该是，她们是因这雨水而延误了花期，少了看花人，添了惆怅心。

就在这个清晨。我看见枝头的叶子，一点一点地被雨湿透，风来时，桂花一瓣一瓣地落，落成了旧景。

于是乎，花儿整朵地下掉，一朵接着一朵，一瓣接着一瓣，一层压着一层。真可谓应了那句"一场秋雨一场凉"，触目惊心，既决绝又痛心。

凉，一点一点堆积，一寸一寸加深。曾经，那些美丽，那些动情，就这样凋零。成全了光阴，成全了秋的清冷，成全了一场风花的旧事……

我怜惜她们的凋零。在雨里，捡了一朵又一朵，那娇弱的小花瓣被风雨摧残的惨样，惹得我差点落泪。

落，又注定了一场离别。好比一场风景，好比一程旧事。

想起八月里，我最后一次去看荷花。比起六月，那时候的荷塘一片凄凉，莫说荷花还剩几支，就连荷叶都枯萎成了黄褐色，离残荷就差不远了。看到这景象，我连动相机的心思都没有，只有等初冬的时候来拍残荷了。

是的，一程风景去了，连那份激情也被同时掩埋。

或许，人生里最美的东西当数那些被光阴刻下的记忆，还有那些被时光打磨得已是苍白的画面。无论经过多少风雨的洗涤，你所有的记忆都被标注上了重要符号，经风一吹，经雨一淋，全都在脑子里重现。

就像，当光阴一寸一寸落下时，不经意间，就触及了心。还有那些花香，那些旧事，那一个人。

秋，真的深了，有点冷凉，全都因了时光的轮换。也因了你，不再言语。只是季节，又演绎了一场风景。流光过后，我除了怀想，惦记……更多的，只有默念。

年华老去，风景不复当年，惟愿光阴走得慢些，再慢一些，一层一层，一寸一寸……那时，你只是归人，不是过客。

是桂香，也是情

九月初，我去闻了桂香。味很浓，至今想来都还迷惑着我。

记得那个午后，我坐在窗前看书，阳光很好。抬头，有淡淡的微光从窗帘缝隙斜射，丝丝缕缕，一瞬间就击中我。

胡乱收拾一下自己，拿了相机就匆忙出门。那一刻，我只想顺着自己的心路出发。

才至山脚，就闻到一股奇异的香味。那时，我才陡然醒悟过来，该是桂花盛放的季节了。其实，我不是冲着桂香来的，我只是顺应了那时的景，给自己一片释放心情的场地。我也只是偶遇了她的香味。

那些花儿，开得极其妖娆。不管是黄色的，金色的，不分先后，不论时间早晚，都齐刷刷地拥挤在一起。

枝头的金桂，在阳光的照耀下，色彩甚是娇艳。那味儿特浓，有点勾引的味道。我似乎有了偷窃之心，伸手轻触了花蕊，那细细的小花瓣就顺着我的手心落下，薄薄地摊在掌心，像天女散落的花絮。

黄桂也不谦让，争先恐后地开，有点攀比的架势。

我有点招架不住这香味的袭击，想逃离这个是非之地，可我挪不动脚步，硬生生地让它们往我的鼻孔里挤。

那时，恰好有光阴从树梢缝隙穿过，在一束花枝上逗留。那桂花倒像是知晓光阴的眷顾，就越发自顾自地卖弄风情，惹得我的手指在相机上不停地按下快门。

每棵树的空隙里，有光影一层层地加重，再加厚。我着实被这场景迷惑了，似在体内，又似在体外，满骨头的舒适，全都被这气息缠绕得没完没了。就像此时，我贪婪地看着摊在手心的小碎花，带着桂香一点一点地散发，风一吹，那些孤单、那些寂寞都美得炫目。

树林深处，我忙得不亦乐乎。我贪恋这程时光，眷顾这一刻的安逸。

生活，如若这一生都有此等心情相伴，人生里，又何愁那些喜怒哀乐，身外之物？

整个桂林，安静极了。除了风声，我还听见有花瓣簌簌地掉落，一瓣接着一瓣。懵然间，我相机的镜头里有人影一晃而过，我停住了移动。我看见一位老奶奶和一位老爷爷在采摘桂花，他们很小心，很仔细，一边摘一边不停地张望，像是怕被人发现。

突然，我看见那位老爷爷把手里的一小枝桂花插在了老奶奶的发髻上，这一举动，着实温暖了我。虽然我听不清他们在说什么，但我看见老奶奶满脸的笑容，很是高兴。只可惜我的相机慢了半拍。

我停留在不远处不敢作声，生怕惊扰这份宁静的幸福。

我暗自为这画面感动，心里想着，都是桂香惹的祸。连老爷爷和老奶奶都忍不住偷窃这香味，更何况我这见不得花的俗女子，又怎能抵制得住它的诱惑。

我顺着这秋色慢慢地搜寻。此刻，心是柔软的，想起远方的那人，所有的情怀都满得"无懈可击"。

秋深了，凉也就深了，这香味也越发令人迷恋。

花，一瓣一瓣地落，情一点一点地厚，而这桂香也一点一点浓烈。

就在此时，我看见光阴落在枝头，风一吹动，一些事，一些人，一些情怀就滋生在心里，长了根。

凋零也是盛放

残荷，对于我这样多愁善感的女子而言，是不忍心看的。

虽一直没真正面对面看荷的衰败，顶多也只是在画里或图片上看见过，但只是那些画面就已经叫我不得安宁。这是一个心结。我决定要去看一场"空前绝后"的凋零，就在这个秋天最后的时日，我不能再等。

以前看小禅写"残荷"的文章，我几乎一口气读完。从那个时候起，我就想着有一天站在荷塘，亲眼目睹它们由盛转衰的"盛况"。

还是七月的时候，我在重庆美术馆看见一幅残荷画时，就特别想动笔写残荷，但那个时候我没有亲眼见过荷的衰败，感觉我写不出那种凋零之美。说美那是内心的挣扎，其实，看见那样的场景心痛才是真的。

终于是秋深了，绵绵阴雨给这个最后的时辰加重了寒意。

清冷的荷塘，寒风吹着柳条翻飞，整个池塘的荷几乎全部枯萎，即使是仅剩的几枝也失去往日的色彩，孤零得令人心疼。

斑驳点点的荷叶，七零八落东倒西歪，有的埋没水中，有的倒挂在半截枝干上，有的还在努力挣扎，有的……总之，整个池面凋零得不成样子。还有那莲蓬，深褐色，近乎墨色，像个苍老的妇人，再也没有饱满的水分丰盈她的内心。但她依旧挺拔，依旧傲世独立，依旧不能让人轻视。

荷是高洁的，即便是到了枯萎时，那风姿依旧不减。

残荷,满池塘都是,眼前呈现的是一片残落的景象。经历了春的骚动,夏的风情,秋的洗礼,最后是寒气的摧残。看似凋落了,枯萎了,其实却真真的有了风骨,有了灵魂与灵魂之间的碰撞。这样看残荷,远比夏日里看一朵朵绽开的荷花更让人惊心动魄。

那时,她娇艳无比,风花高扬。粉的,白的,红的夺取了世人的视线。而枯萎时骨子里的傲气才真正显示了风骨。

所以,很多喜欢荷的文人墨客必定也喜欢残荷,不然,那就不是真正的喜欢。

就像画家李老十那样,爱到骨髓,爱到痴狂,所以他才把残荷画得那么逼真。李老十的"十万残荷"简直惊叹世人。

用小禅的话说:"他画的残荷是用墨之黑,用墨之狠,用墨之凉,让人无端悲起来。……恐怖的一片黑,到处是残荷,伸展、扭曲、凋零、哭泣的黑。……哭泣之间爱上这悲壮的黑。《十万残荷》,扑面而来,砸向我,顿失颜色,十万残荷,残荷十万?这是怎样凋零的心,……没有留白,不给自己留下余地,一意孤行,孤单至死……"。即使满塘皆墨,也依旧不改风骨。

残荷,何等的傲气,不畏惧风霜,不惧怕清冷,一步一步在孤单的行程里走向死亡。

深秋了,一切变得寒凉。不再有往日盛世的模样,小小的荷塘沉寂得生出颤意。

那荷叶全都凋零了,小的,大的,宽的,圆的,都枯萎成一卷卷,想把自己藏起来。冬就来了,她藏得住吗?那莲蓬也是,孤傲得不发出一点声响,在冷风的偷袭下,只是一味地沉默,所有的言语都根深到底部,任风雨洗刷。

人也是这样,每个人总有老的时候,还要害怕枯萎凋零吗?

做人应该学学残荷,即便是老了,也要让自己生出孤独的美。哪怕是一个人，哪怕是时光瘦得只剩下自己的影子，那也是一个人的清欢和美景。

残荷，既是凋零也是盛放。远离那些浮华喧嚣，淡漠了世俗的光环，还有什么名或利值得一生劳累奔波？

此时，一池的残荷。那些枯萎，那些凋零，虽有了隐忍的感伤，却更让人心动，更让人为那些风骨感叹。

所有的放下都是成全

深秋，多阴多雨。

凉气一层层地散发，我所钟爱的花草全都进入枯黄状态。我觉得那些植物是以前被我太"娇宠"了，所以才这么任性。

我开始怨恨冬天的到来，不关乎光阴和其他。至少在我心里是那么固执地认为的。

这个季节，总觉得少了花草的陪衬，一切都变得那么"死气沉沉"。

去朋友的花店，看见她又新添不少品种。但是，有花朵的很少，一般都是不怎么开花的植物。整个店里只几盆有颜色的菊花还可以显摆一下，算是勉强还能吸引我的视线。

我对花草一向偏爱，但不是所有会开花的植物我都爱。比如"大红大紫"，艳得"花枝招展"，还有花色散乱的"轻浮"之物，对我来说简直"俗不可耐"。那些能入我眼吗？不能，绝对不能，我的眼里岂能容纳那些"俗物"。我宁愿这辈子不养花，也不会接纳它们。

我知道，这是我最坏的毛病。太过"固执"，太过"情有独钟"，太"自以为是"，如此，往往会伤到自己，也殃及到身边的人。

朋友说："养花只是生活中的一种情调，无论什么品种的花束，都有它独特的一面。不要以为你不喜欢它，就否定它的存在。有些东西不要只看表面，其内在价值和意义才是最根本的因素。"她指着她台面上一小盆仙人球说："别小看这盆满身是刺的植物，它是一种茎、叶、花均有较高观赏价值的植物。它有数不完的好处，所以对任何一种植物都别轻易诋毁它。"

"养植物，就是养心情，养情调，养品性，花养好了，心情自然而然就好多了。所以生活中，都需要一些小情调来调节自己，一味地活在那些繁杂的世间里，就是神仙都会厌倦。"

听她啰嗦了那么久，也不感到厌烦，反而觉得她说的很受听。

闲聊里，她提到了生活。就越发觉得生活有时真的不易。有时候想，生活就是一张网，你越是挣扎，那张网就会把你绑得越紧，你越是过于紧张，就越会感觉空气里缺少氧气。于是，所有不开心的全都爆发了，所有的情感也跟着越过防线，决堤。

感情也是，最贱。往往你越是在乎的东西，就越担心会失去。你越是小心翼翼，就越害怕有一天分离。

记得朋友曾经这样说过："情感是什么，情感就是两个有交集的人高兴的时候一起拿出来愉悦，不高兴的时候就拿出来互相伤害对方的东西。情感就是双刃剑，玩好了说你剑术高超，玩不好自己就会伤到自己，殃及他人。"

用我自己的话说：情感就不是一个东西，说粗俗一点就是"不要脸"，翻来覆去地相互折磨。

所以，生活在这个尘世的人，没有谁可以高调地说自己是完人，谁都有过错。既然谁都做不了完人，做不到周全，那何不就此放下所有的心结。这样给生活，给自己，给他人留一些时间和距离，既轻松自己，也愉悦他人。

事后，我带走了仙人球。她说："拿回去放在电脑旁吧，可以减少辐射，净化空气，对你们经常写作用电脑的人有很多好处。放下一些不愉快的，多给自己一些时间和心情，别时不时地为难自己。"

那时，我鼻子一酸，看着手里这满身是刺的东西，既孤傲又卑微。仙人球，虽然浑身长满了毛刺。而它只是坚强了自己的外表，其内心依然柔弱无比。

记得有一句禅语："舍就是得，得就是舍"。纵然仙人球周身长满了毛刺，那也是释放后一种最高的境界。

一直向往有禅意的东西。凡美好的东西总得留下一些距离。放下就是成全，成全就是安心他人，也安放自己。

秋露

翻看日历，已是秋深。不知不觉中，秋色已经铺满了整个大街小巷。

山坡上的青草黄了，微微低下了身段，掩盖了少许绿意。小巷深处有凉风挤进衣衫，不小心就让凉气偷袭了背。路旁的小碎花也不见最初的喜色，颜色偏暗，可见光阴有多绝情。

满大街不见了夏的风情，那些花红柳绿、姿色诱人的俏女子也稍有收敛。

哦，是白露过后了。这些不经意之间的事，一晃眼秋天的第一个节气就过了多时。太快了，像是跟时间赛跑，还没让我明白过来，一年的光景又过去了大半。

早起，推开窗，有微凉涌进窗口，带着冷意。想起是周末，可以上得山去。

终是凉了，穿了长袖，还显单薄，不免虚叹时光。下得楼来，有小雨接踵而至，没有回转的念头，继续往前走。

空气里有凉薄的气息，还有冷的味道，不由得裹紧衣衫，加快脚步。其实，这天气刚刚好，只是前几天的热气刚褪，落差太大，多少还有点不适应。

生活就是这样，季节变了，风景也改变了，连同那些记忆里的人和事物也改变了，心里总难免不适应。想起曾经一起做过事、说过话的那些人……心一瞬间变得柔软起来。这些记忆忽然窜出来，那些光阴，那些往事就在心门轻叩，连同路旁的小草都活得鲜艳，还有粘在叶片上的露水，都晶莹得像粒粒珍珠在叶尖上滚动。

内心有了柔软，连小心思都是细腻的。

九月初时，我去看了桂花，那时枝头的桂树刚挂上了花骨朵，小不点儿，微黄，有半粒米珠那么大了，满树干都是，真的呀，桂花快开了。那一刻，有丝丝惊喜揉进眼里。

这个月份，我最喜桂花了，想起那味儿，满鼻孔都是幽香，直往心窝窝里窜。

一边走，一边踩着脚下的露水，满满的湿润，顷刻间清澈了所有视线。踮起脚尖，凑近了身子，亲吻了枝头的花苞苞，呀！有香味了，真的，一股淡淡的桂香连同那些小水珠一起滚进了喉咙。没法了，沉迷吧！谁叫我招惹了它们。

小雨渐歇，略带微黄的青草儿又恢复了俏皮的模样。那些枝干干，草尖尖，还有我的眉间都挂满了雨水的味道。还未凉透的秋，处处显露出这个季节的欣喜。我伸出了指尖去碰触水珠，那小东西怕羞似的，嗖的一下，就窜进了草丛，任你怎么找寻，都枉费心机。

秋露来至的这些时日，多了一些雨水解渴，连路旁的篱笆都多了一些秋的风情。

小菊花开了，一朵，两朵，三朵……全都紧紧地贴在围栏低处，有点小资的味道。偷偷地往里边瞧了瞧，水灵灵的菜园子里，碧绿得眼珠子都停止了转动。我惊呼了，全都是青菜呀，颜色过分的招惹，整个的一片绿，满满的沾着露水，入浸得心也跟着湿润起来。

我最喜欢这些青色，尤其是菜市里很难买到沾满泥土味的蔬菜了，我徘徊在篱笆外倔强地不肯离去。

终于等来这个菜园子的主人——一位老阿姨。听我说明了来意，老阿姨开心得合不拢嘴，而且坚持不收菜钱，因为这个菜园子是种给自己吃的，从来没有拿到菜市去卖过，如果有人看见喜欢，全都赠送。阿姨说，子女都在外面忙工作，一个人难得打发时间，就种了这些蔬菜，不为什么，就是换来自己的安心。

那一刻，我的眼睛潮湿如秋雨。

这个世间，有人爱繁华，有人爱虚荣，有人爱朴实和简单。而"安心"，是何等言善的情怀。我喜极了老阿姨说的两个字，嗯，"安心"。

仰头，东方已经放晴，阳光从薄薄的云层后面斜射。有微风穿过篱笆，惊动了围栏，一滴水珠从叶尖落下……

老吧！老了又何妨

　　忽而，秋已来多日。似乎光阴又跟我玩了一回迷藏，转身，已是八月下旬。

　　这样的日子有一点沉闷，原因于今年的入秋多是高温，秋老虎威严得吓人。除了早出晚出，一般的时间都窝在家里，打理花草，整理衣橱，剩余的时间就用来看书写字，日子过得也不浪费。

　　或许是因为小半生时间过去了，对于很多身边的事物就格外用心。

　　早起，阳台上花草都耷拉着脑袋，像是在埋怨我的怠慢。对面楼台的女人也在给花儿浇水，看着她家阳台上的一片葱绿，我有点羡慕她怎么将这些植物打理得这么好。甚至我还嫉妒那女人那张精致的脸，白皙不说，连脸上的笑容都那么温和。抬头看见我在注视她，一个微笑过来，算对我礼貌的回复。

　　我暗自庆幸，有这样的邻居作伴也是一种好心情。早起开窗就可以有清香拂面，还可以欣赏到一幅优雅的女人风景。

　　对于独特优雅的女人，我一向非常欣赏。因为优雅是一种内在的气质，是很多女人装不出来的。一个女人的优雅，她的一举一动都包含着整体的魅力，不需要华丽的装饰，只一眼就可以赏心悦目。

　　对于花草，我也是偏爱的，但我的阳台和她的阳台相比，那就欠色许多。弄不好花草，那就是我自己不够细心。一向粗心马虎的我，对待事物不够细腻，这也许就是我最大的缺点吧！

密友说我，就你养花草，还不把它们折磨死才怪。有时候，几天忘记浇水；有时候心痛起来，天天浇灌。那忽冷忽热的感情谁受得了你。说的也是，我这人的性格"粗枝大叶"，对什么都不够细心，尤其是对自己刻薄。不喜欢化妆，穿着随便，就连这几个月去做护理都是她打了无数次电话才能见到我的身影。

也许世间的繁杂消薄一个人的心智。很多时候我们都忙着经营生活，奔忙于尘世，而忽略了自己。时间就在匆忙的穿梭中，渐渐隔离了最初的光阴，远离了那份曾经的激情。

忽而感觉自己落后了，有点跟不上时代了，更别说用优雅来装扮自己。这种叹息在心里暗自发出，就觉得自己心境老了许多。

想起有一天，和千里之外的一个人通话。他说估计他心境老了，什么都觉得失去了新鲜，少了最初的那股冲劲。那一刻，就觉得他在说我。是的，生活的琐事多了，世间的灰尘就加重身心的负荷。一个忙于生活的人，怎么有那份闲情来优雅自己。

说到生活，到底是离不开油盐酱醋。即使老到走不动的一天，那些浓浓的烟火味都还是生活的主题。

整理衣橱，又犯病了。怎么全都是青灰的素色，这才想起每次选购服饰都是偏爱低调一些的颜色，想想真的淡漠了那些暖色。一些年华去了，连同曾经的鲜艳，还有那些触动心情的往事。想来，这些都跟年龄有关吧！

八月闲时多，所以看书写字的时间就多一些。

接了几篇稿子后，一般的时间就是看书。这几天中央电视一台在播放《平凡的世界》，偶尔也打开看一下。但我觉得电视剧还是没有书里写得那么深刻。喜欢这本书，主要是故事里的内容跟生活太相似了，简单，朴实，接近现实的主题。无论是写友情，亦或是爱情，都让人深深感动，而后落泪满面。

对于爱情，我是相信的。就像一位朋友为我那篇文章《流过的泪是爱过的证明》写的几句话："有爱情的时候，我决然相信爱情，但爱情离我而去的时候，就不愿意去相信了。但我心里清楚，我还是相信的。因为没有爱情，哪来曾经的伤痛和眼泪。"

也许心境真的老了，更容易怀念往事了。那些一起说过的话、做过的事都会勾引心思的潮涌。

打理好书籍，我又将心情换成了文字。用相机拍了几张图片，也换成我喜欢的颜色。喜欢干净而雅致的东西，就像一些爱情，没有暧昧，只包含纯情和简单，有时候简单到一句话，或一个表情都是奢侈的。

看着早起上山摘回的紫薇花，我找出一个简单的小花瓶插上，再配上从草缝里采回的狗尾巴草，还从阳台摘了一枝茉莉花，这搭配简单到极致，风情又饱满。发了图片给友，友说她喜欢，是的，素雅风情的颜色，我也喜欢。

窗外，满眼刺心的阳光，有点不能接受这初秋的炎热。但我还是喜欢秋天。

都说喜欢秋天的女子有一颗成熟苍老的心，我承认自己成熟不够，苍老嘛，应该有那一点沾边。

我记得四月里曾经写下这样几句话：待我白发绕丝，皱纹爬满额头，我一样也要学着优雅，即便是褪色了的爱情，也要让它们长出风花。

老吧！老了又何妨，老了也要和风情优雅缠绕……

做你手心的荷

忽而记起，这个月份该是荷的季节。想起这种植物，内心总有一种情感在心底牵扯。

在我的记忆里，一直都想写一篇关于荷的文章，只因时间关系，因此而搁浅，久久没有下笔。

荷也叫莲花，我觉得莲花有点俗。我还是喜欢叫她"荷"，不喜欢加一个"花"字在后面。荷多好，又清雅，又高洁，又端庄，像一个女子，带着飘逸和洒脱，如果把花字加上，就显得低俗了。

一直不喜欢低俗的东西，包括事物和人。俗气还可以忍受，但是低俗就不一样了，俗气可以指外表，而低俗可以包括一个人或一些事物内在的素质。因为是荷，我喜欢的植物，决不能容忍这种低俗。

荷，出淤泥而不染，是花族里的真君子。高雅，是她的风骨，而气节清高，是她的内在。看着赏心悦目，干净饱满。越是干净的东西就越接近内心，荷就是那种接近我身体的植物。

在重庆时，去了美术博物馆，当然我不是专门去看荷的。只是当我站在一幅名为《荷》的照片前时，我惊呆了。满池的荷，一大片一大片的，全都是绿呀，那绿惹得心思遐想，有伸手欲摘的冲动。还有满满的池水，清澈里荡起的水纹围绕在荷叶之间，异常地美。绿里镶着粉的，红的，白的，像一盏盏河灯。还有没散开的荷朵朵，像一个个羞涩的女子。说绝美还真不过分，荷的气节是没有多少植物可以媲美的。

还有近处的荷蓬，有点像一只只淡绿色的"小洋瓷碗"，我担心那"瓷碗"被风一吹，随时都有可能掉下来。

我忽然想起这幅图配上宋代杨万里的诗句多好：

> 毕竟西湖六月中，风光不与四时同。
>
> 接天莲叶无穷碧，映日荷花别样红。

荷的自然风骨超乎于常人，不但干净饱满厚实，且它高贵的气节和寂静之美，也只有懂赏荷的人，才能品出荷的孤傲，还有那份抛开世俗的清净。

生活的繁杂，让我的心积累了太多的负荷。此时，见到荷的清雅，那种心情除了释放，还有一种对生活的妥协，对荷的敬仰。"出淤泥而不染"，也只有荷的精神才值得敬畏。

在周子古镇爱莲池里，我再次遇见了荷，只是那荷池不大。据说爱莲池是宋代诗人周敦颐曾经来过的地方，这里的石碑至今还刻着他留下的诗文《爱莲说》：

> 水陆草木之花，可爱者甚蕃。晋陶渊明独爱菊。自李唐来，世人甚爱牡丹。予独爱莲之出淤泥而不染，濯清涟而不妖，中通外直，不蔓不枝，香远益清，亭亭净植，可远观而不可亵玩焉。予谓菊，花之隐逸者也；牡丹，花之富贵者也；莲，花之君子者也。噫！菊之爱，陶后鲜有闻；莲之爱，同予者何人？牡丹之爱，宜乎众矣。

我最喜周敦颐写荷这首诗了，看着石碑上的诗文，不由得轻轻地读出声来。

围转，小亭围栏，池中清韵，倒也不是雅致。有的开得正艳，呼之欲出，清香缭绕。只是这荷池太小了，小小的池，就那么几百个平方，怎能关得住荷的风韵和清香。到底是晚去了几日，有的已经开始萎了。只剩下光秃秃的荷蓬，立在那儿有点空落。

这空落让我想到了"残荷"。"残荷"二字念着就有深深的无奈和惆怅。

我知道夏过了就是秋，都说秋天的残荷异常凄楚。那时候我还敢来看残荷吗？我知道自己心软，我不忍心看那凋零的场面，何况我心里最有气节的荷，我怎么能忍心看它们的惨败。

一想着大片的残枝败叶，我的心就冷了。像一段爱情，从轰轰烈烈到寂寂无声，再到凄然收尾。

我不能忍受这样的场面，那样我会心痛到死。但我一想到荷的风韵精致，还是想做荷，做她的雅致，她的飘逸，她的清高。还想做一个人手心里的荷，捧在手里被呵护的温柔。

但佛前那样的荷，我不想做，我怕清冷，怕孤寂，怕世间的隔离，让心生生地痛。

绽放的荷多好，在湖心悄然等待，等一个人来摘。

终是雨时情怀满

一直有这种感觉，一到雨天，全身的细胞就好像被水浸湿了一样，被一种无形的气息围绕。有点清愁，有点湿润，有点饱满，外加一种说不出的心情，那情怀恰是被什么东西触及了，饱满得有膨胀的情感倾泻。

或者喜欢多愁善感，这感觉恰恰好，不需要伪装，不需要掩饰，满骨头的舒适，心思有"出轨"的倾向。

南方的六七月，是雨季最疯狂的季节。

小城多是雨水。每年一到这个季节，就感觉空气的湿度有多强烈。那种潮湿是疯狂的，是偷心的，还有一种暧昧，那气息随时都有可能将自己连同身体一起吞没。

我知道，自己的心总是被雨水无形地拴住，无论是大雨、中雨、微雨，只要是雨天，就有外出的冲动。也总是觉得，只有走在那湿湿的气氛里，内心才会踏实，才会稍稍安顿好烦躁，防止不安分的心事外窜。

撑着小花伞，隔着雨帘，仿佛人一下子就柔软了，像被一种什么东西占据，顿时感觉全身都饱满得近乎膨胀，没有了一丝空隙。我知道那是心念的情怀，是雨天，这就是雨的魅力，像落在心上，瞳孔里，满满都是。满得像要滴出泪，挂在腮边不忍擦去，因为有温热呀，有情感在里面隐藏，不忍说出，就这样任意流出……

远途的树叶被雨淋得看得见纹路，清晰至极。沙沙的声音有雨打芭蕉的清脆，放眼看去，对面柳塘边有一模糊人影在雨里垂钓，那姿势有多镇静，我说不出，但只要不经意看一眼你就会觉得那是一座雕像，着实让你惊奇。

看雨，听雨，像是在跟自己说话，那声音很轻，很柔，很温婉，因为不想让另外的人听见，只能说给自己听。所以，这样的雨天最适合一个人游走。

雨兮兮，纷纷下落，竟然也会硬生生地长出惆怅。这惆怅有点心痛，大概是光阴又过了一程，六月就这么快去了，去的有点匆忙，不由得想起旧景，就那么一瞬间碰触心事。

下午的时间很慢，慢得下落的脚生怕踩出了声响，惊扰了光阴。

滨河公园才修成不久，很多草木还没有到完全葱绿的时间，两旁的细竹很干瘦，偶然长出的叶枝也就成了竹林里亮眼的风景，这就是独特吧，不以为多，两三枝足够，恰恰这新绿看着就舒心。

就那样看着雨滴一滴滴从叶尖下滑，居然很饱满，很厚实，亮铮铮的晶莹，似有无数的光阴穿透，那旧事立马就清澈了，在所有的视线里晃悠，不容你拒绝，硬生生拉回那些想放弃的东西，好比感情。

心念间，穿过了竹林，走上池塘的小木桥。小木板一块连着一块，很是结实，颜色很是古旧，像旧时的小长廊，恰恰这古旧看着那么舒适，像走回旧时光的巷口，独特得让人生出幻想。

雨，慢了下来，很细小，没有一点尘味。池塘里，木桥上，小柳枝，花草叶木，全都是满满的湿润，润得人心长出水滴。

我立在围栏上发呆，就那么不眨眼的看着水面上细微的水纹，一小圈一小圈地扩散。不忍想太多，我怕沦陷，怕这雨天的故事掠走了人心。想什么？也许只有雨水知道，也许它不知道，也许，什么都不应该去想。

有雨的日子，什么都是湿的。包括哪些发潮的心事。

沿途的花草树木，小桥，流水。再加微雨，都格外缠绵得要命，不想离去。也因了这雨天，我却愿意逗留在这样的气氛里，哪管湿了多少故事，扰了多少人心。

风住尘香

遇见蒲公英是在阆中古城的河边。

黄昏，将河沿上的青草染成另一种颜色，绿里镶上金黄，一大片一大片的，异常的撩眼。这个时候，有风吹来，我看见蒲公英漫天飞舞，那姿色有多美，我无法形容，因为内心早已被它们迷惑，沉醉，而忘记按下相机的快门。

蒲公英，还是小时候玩过的了。那时，乡间小路，稻田路旁，那些惊奇，那些羡慕，那些梦想，全都在一朵朵飞舞的小降落伞里装着。我惊讶起飞的那一刻，美的心动，我羡慕那些自由，还有我的梦也跟着一起飞。

六月夏初，也只有这种花束是惹心的了。黄的白，青的紫，在遍地青绿上点缀着，惊扰了所有视线。像一幅水墨画，心里全都是它们的影子。

小小的白花，像降落伞，牵动着心思，漫天飞呀飞，不知有多少梦，多少情被它们带走。

是的，我认定是梦，也是情，而那些情有些揪心，有些愁人。而恰是这样的情才是致命的弱点，带着不甘心地乱飞，且没有终点，没有落脚之处，就那样轻飘飘，漫无目的地游走。

我选择黄昏，只为来重逢这一程风景。一个人看花，一个人看夕阳，一个人听风，或许这就是一个人的黄昏。有多美？不知道，因为我还看见一层层薄烟慢慢升起，有清香，有雾气，有一朵朵小花絮在风里乱窜。

那些美，是迷心的，是消魂的，我不能说出，我怕一说出就不见了。美的东西只能感受，不能言传，一说出就什么也不是了，就像爱情。爱情最是柔弱，稍有不经意的疏忽，就会像这些花儿，枯落成残影碎片，任你怎么拼凑，都愈合不了接头处的裂口。

小碎花也是。蒲公英就是小碎花，很柔弱，风轻轻一吹，它们就四处逃散了，或许这就是命，终不能聚首，只能聚散。

说到聚散，不免有些伤感。常听朋友说起这么一句"就算终有一别，也不要辜负相遇"。是呀，人生里的很多相遇，都是有定数的，既相逢，何忍别离；既相知，何忍流年各东西。

其实，蒲公英算是低调了，它无意与百花争艳，也无意与谁攀比，它只想做一朵不惹眼的小碎花，自由自在地飞。而恰是这样自由的花束惹得人嫉妒、羡慕。

黄昏的薄雾很美，一层层地围绕，还有夕辉和蒲公英的陪伴，像走进了仙境，走进了梦里，唯有此时，什么都不用去想。或凋零，或老去，或在这里长眠不起，我都愿意。

儿时玩蒲公英，一口气吹出好远，摘了一朵又一朵，吹得嘴唇干燥都不嫌够。而今，什么都远了，光阴远了，年少的梦远了，还有那些青涩的爱恋，都在这些小碎花里一一脱离。

曾经，你以为舍不下的都远离了，隔着防线，隔着距离，隔着再也回不去的光阴。包括那些暖得掉泪的情感，都在模糊的视线渐渐陌生。

风住了，那些香也散落了。白白的小碎花飘呀飘，摇呀摇，成了梦里的影子，牵扯着心。

一个人的黄昏，发呆，傻看，那小碎花就我的眼底，走得既绝情，又深沉，直到看不见它们的影子。看不见了，一下子就失落了，看不见了就像断了线的风筝，终于逃离了视线。而此时，我只有站在原地，任心揪痛揪痛……

那些光阴

又是一年端午。

在我的记忆里，粽子的香味浓得过分，每年的这个时候，那味道想起来就馋得我流口水。

还是五月末的日子，就想为这个传统的节日写一篇文字，而至今都没有心思动笔。我不知道，是越来越远的光阴磨薄了人的心情，还是岁月的时光消耗了曾经那颗萌动的初心。

到底是六月了，窗外的温度比五月又高了那么一些数字。案台上的绿萝却不知光阴的深浅，依旧绿得惹眼绿得缠绵，那绿意随着折射进来的阳光一起窜进我的身体，以及每一个细胞。心，又不经意地生出了情怀。

起身为这盆不开花的植物加了一些水，算是对它的报答吧。一直做不到薄情，哪怕是不起眼的细花杂草。所以，总是宁愿辜负自己，也不愿疏离那些有生命的东西，更何况身边的人。

绿萝是前些日子从花店买回来的，很久之前就想买一盆回家，只是苦于机缘未到。如今，它就摆在我的窗台上，心躁时看它一眼就能缓解激动的情绪。葱油的绿，干净饱满，且一尘不染，有入扉的清香气息，相比那些姹紫嫣红，对它，更多了一层爱意。

闲下来的时光里，人也变得懒散多了。很多日不曾动笔，因为不知道如何下笔，怕落下的字惹烦了心情，不知道又要如何收尾。

于是，前些日子下雨，我去偷了雨水，摘了青果，还招惹了花草。说偷有点不文明了，应该说是去拍照。那水珠晶莹得跟小玻璃球似的，只可惜，一碰就躲进草丛，任你怎么找寻，还是寻它不见。

路途里，我邂逅了牵牛花。小喇叭似的形状，有乳白色，有浅粉色，有淡黄色，但最心动的还是蓝色。或许是我偏爱蓝色的原因吧，对它特别另眼相看。

蓝色的牵牛花花蕊里满满的水分，很是清澈，沾进嘴里有清香的味道，那味儿一咕噜就钻进了肺里，想多回味一下都来不及。是啊，来不及，来不及的东西太多了，好比那些光阴，任你绞尽脑汁，都留不住它们的温情，绝情得要命。

越是留不住的东西我越是喜欢。我喜欢这些惹了情怀的小喇叭花，那颜色就像怀旧的温情，异常凌乱，有点愁人。

因为是怀旧，所以回不去了，回不去的光阴多愁人啊，丝丝缕缕，牵牵扯扯，就那么沦陷了进去，能不愁人吗？

我挨个触摸了一朵又一朵花儿，还是不忍心摘下，我怕它们凋零，怕看见它们枯萎，怕那一份感情没有回旋的余地。因为喜欢的东西只能呵护，不能占为己有。更何况这柔情蜜意的小精灵，我更愿意淡然相陪，而后寂静相守。

是女子都爱花草，尤其像我这种多愁善感的女人，又岂有不爱之理。

我的窗台，铺满了香味。茉莉花也开了，如月光的白，绵延着柔情，分不清是什么味道了，那气氛浓烈得过分，直往鼻孔里钻，想挡都挡不住啊！还有那些被光阴惹起的感情，硬深深地被柔化了，且陷得更深，更厚实。

对面楼阳台上的蔷薇花，也妖娆得要命。

到底是它们的季节，那艳色，那花姿，那风情，要多妖艳就有多妖艳，惹心得不得了，满眼的葱绿再配上妖娆的红，即使你的心冷静如水，也会被感染，被牵连。

想必对面女子也是爱花的人，她阳台上可以称为小花圃了。什么青的吊兰，常青藤，小天星，也有绿萝。红的杜鹃，玫瑰，月季，都艳得我眼里生出嫉妒。最可爱的是，她居然在阳台上种了艾草，我确定应该是艾草，样子很像，这东西我在山上见过无数，不会认错的。

那艾草在她的小花圃里有些另类，也许是端午节来了吧，不然她怎么会连艾草都种上。六月的光阴里，粉的红，绿的青，只有那艾草傲世独立的样子，我一眼就认出它了。

我知道，艾草是用来挂在门上的，说是有辟邪防虫之功效，我倒是不相信有什么辟邪之说，只是防虫我应该相信，因为它让我想起小时候，妈妈经常去山上采回艾草，为我们熬水洗澡，不过确实神奇，每年夏天身上长小痘痘后，用艾草水一洗，那些小疙瘩立马就消失了。

早已过了儿时的年代，端午节于我，说不上有什么稀奇。只是想起那些粽香时，依旧很浓烈，但那是年少的味了。不再爱吃粽子，不是嫌弃，而是那粽香幽浓，在心里，只因随了世俗，淡漠了情。

杏花春雨湿清明

　　"春雨清明湿杏花，小山明灭柳烟斜"。无意之间在朋友的博客里看到这两句，才知道清明快来了。

　　关于那些杏花，那些春雨，总在记忆中翻腾。还有小山背后的垂柳，已悄然长成细条儿。烟雨朦胧，总有隔着数不尽的光阴，在细长细长的柳丝里翻飞。

　　杏花，初见很柔弱，有点弱不禁风。像蒙着一层幽远的时光，总能在记忆里搜到儿时的光阴，那般清美和单纯。

　　春天一到，就会联想到杏花，梨花，桃花……

　　去山上看风景时，总忘不了在杏花树下驻足，尽管桃花和梨花烂漫到放肆，而我的脚步始终会在杏花下多一些停留。站在杏树下，有清香直往鼻孔里窜，那味儿似旧时的暖暖，酥酥入骨。风吹来时，花瓣儿簌簌下落，像雪，又像絮，更像一段久违的恋情，还有一种莫名的相思在心里偷偷地泛滥。

　　以前，不曾见过杏花，总以为这种花定是生长在山野，乡村，坝田，周边还有无数的碎花野草陪衬。一见到，就有纯纯的乡间气息包裹其中，那感觉是带着浓厚的淳朴味道，直接将人心俘获。

　　"春雨清明湿杏花，小山明灭柳烟斜"，读这一句时，有湿湿的气息。我仿佛看见一幅山间水墨在眼底呈现，是的，就是水墨，雪白的宣纸上，就那么清淡的几笔素描，将诗句的意境全都勾勒。

画中有远山，山挨着山，连绵不断地起伏，丹青水墨，烟雨朦胧里，隐约可见微风裹着细雨飞舞。

近处的坝田，菜花丰盈着春的色彩。细窄的田埂上，三两棵柳树陪衬着几棵杏树，青绿红白里，点点粉红似羞涩低眉的女子，被清风微雨湿得楚楚动人。因为是清明，更透露了雨中的凄凉，还有一份对故人的怀想。

到底是湿气较重，连杏花的颜色都被雨水洗去几分，极淡极淡的，仿佛是某个写生的人儿故意抹去了那点粉色。

杏花不同桃花，也不能和梨花攀比，桃花太艳，艳到妖冶，缺乏了女子该有的内涵。梨花太白，在春天这个暧昧的季节，少了那么一点温情。所以，只有杏花了，只有杏花才适合女子的心思，素净中带着淡雅的情怀涌动。

记得去到山上第一次邂逅杏花，看见有几棵树，很高大。枝桠上开满了粉白粉白的花朵，因为那时不识得就是杏花，故此那花儿让我久久不想离去。满满的清香，有过分的浓情。花树下，那花瓣不停地往下掉，一片一片，一层一层，像天女散花，又像密集的杏花雨，落在身上，落在心上，迷惑人心。恍惚不是在人间，而是在幻境中游离。

都知道，杏花开了，清明也就来了。

清明，这个对故人祭拜的传统节日，一直在很早就流传。唐代诗人杜牧的一首《清明》"清明时节雨纷纷，路上行人欲断魂，借问酒家何处有？牧童遥指杏花村……"阐述了多少祭拜人悲凉的心情。

我学不来古人，也不会喝酒，但我可以想象杜牧那时的心情。离家久了，思乡的情怀越来越深，恰逢雨天，那些被雨淋湿的路人都满怀惆怅和悲凄。衣衫湿了，心更加湿了，连同一些人情冷暖都被湿得彻底。想借酒消愁，可酒家又在何处，唯有借问牧童，才知远处的杏花村才可一解凄苦。

　　春天，是一个播种情感的季节，只因为有了清明这个节日，又增添了那么一些惆怅。

　　尽管春雨湿心，但我还嫌不够湿，我还想选一个细雨纷飞的日子，去一趟乡下老家，看看久违的乡景，还有那里的山，那里的水，那里的人。再祭拜已离开多年的老爸，我只想对他老人家说一句，女儿来看你了……

春深处惊了人心

很是春深了。

念起这句话时，春天已经浓得不像样子，然而，我的心怎么都激荡不起来。今春的天气一直不怎么好，要么阴得吓人，要么就湿漉漉的像要往外滴水，要么，不温不火，整个懒散得不想动，说不出的愁人。

一个人的时候，就喜欢傻呆，偶尔听听歌，忙一下手头的工作，就盼望天快黑下来。总觉得黑夜里，才可以将自己好好隐藏，放松一天的疲惫。这几天老喜欢听旧的歌曲，刀郎和云朵的情歌，那声音和情调惹得心思如水。特别是云朵的声音，除了满怀的情丝缠绵，尽是温柔，尽是情人的深情。那声音像是穿越了时光，猛然击中了心弦，不约而合。

偶尔下班后也去吃麻辣烫。

四川人最喜欢吃麻辣烫了，我也不例外，总觉得辣到喉咙，辣到心里才过瘾。当店员将一大碗刚出锅的冒菜端上桌子，嘴里就直冒口水。碗上面满是一层红红的辣油，还有小辣椒红得烧心。其实，早几年我是不怎么吃辣的，只是每次出去吃饭，闺友们都点那种辣得要死朝天椒，禁不住诱惑的我每次吃后，胃里就像灼烧的感觉。那时，才不管了，哪怕不舒服，不适应，也让自己疯狂地尝试。

闺蜜说我不像川女子，是川女子就应该吃辣，就应该适合川人的生活，所以每次她们都逼我，灌我酒喝，挑逗我和她们疯。

事后拉我去唱歌，唱李琼那首《山路十八弯》，笑得我眼泪都滴出来，什么腔调，整个的瞎编，一屋子的气氛激烈得血液在血管里乱窜。闺密是一个性格开朗的女子，而且特直爽，从不掩饰自己的情绪，心里有什么就说什么，和我最投缘，每次都是她为我出面解决我应付不了的场面。

有时候，生活就得这个样子，累了，倦了，可以找三朋五友疯一下。不能辜负了自己，辜负了年华。当有一天身体老了，心态也老了，老得走不动了，就只有羡慕的份了。那时候，再来回味：原来，我也那么年轻过，我也那么疯过，多值得啊！

我比较喜欢独处，不怎么合群，但每次熬不过她们的死缠烂打，只有跟她们去。其实我骨子里还是潜藏着一种不安分，不然，每次过后，心情总会打开很多不开心的心结。

生活总要有发泄的场所，你以为那些烦心的事情，经过一些激烈，派遣，消磨后的种种，都会逐渐平淡和稳妥。这才是生活后的沉淀，能安放就是善待自己。

早起爬山，听鸟叫，呼吸新鲜空气。那山上的鸟叫声才最为动人，有清婉的，有高亢的，忽远忽近，声声入耳，不厌其烦。我还专门在微信里用语音录了很长一段发送给我远方的朋友，友说你那里真好，鸟语花香。实在的，我的小城无论是空气，风景都好得不得了，至少我这么认为。

下山，路过菜市，那市场的青青绿绿才最是惹眼，那些都是附近的菜农自己种的，小菜最为居多，青菜，蒜苗，小葱，还有土豆，大白菜等等……都青绿得不得了，上面的水珠珠晶莹剔透，看着就动心。

清明前两天，去了乡下老家，给逝去多年的老爸上坟。老爸是在非典那年去世的，那一年我在温州，刚好是非典隔离期间。接到妈的电话，我哭得死去活来，但也没有办法回家。在所有的姊妹里，我是老爸最疼的一个，然而在老爸离开人世时我都没能送送他。

很多年过去了，这种痛一直还在心底缠着，我固执地认为，如果当时我在他身边，如果当时我不那么任性，如果当时……其实，说这些都是后话了，没有如果了，再也回不去了。那天，天阴得特别厉害，风也没来，那纸钱就那么慢悠悠的燃着，没有多少烟灰飘飞。听老人说，烟灰飘得越高，逝去的人就会越开心。想必老爸是埋怨我看他的时间太少了。

回程的路上，没有多少喜色，越发的感觉车子里的沉闷。离家还有几里路了，我坚持要下车去河滩走走。

嘉陵江的水清澈得像一面镜子，还有那些绿得勾心的植物。我喜欢这些带着凉而朴实的味道，有一股散发着年轻的气息在我的体内蔓延。我更喜欢河滩上这些花花草草，风一吹，那些馨香就钻进了血液里，酥得骨头都软了。

生活里，我对这些小精灵似的花草特别偏爱。尤其我养的栀子花，惊扰了每一束视线。

夜里，雨声滴滴，清脆而优雅，像一首老了的情歌，越听越有味，越听越让自己沦陷。那音符一声一声，那么熟悉，像一个人温柔的声音，一下一下敲击心里最柔软的位置。

到底是春深了，连雨水都下得那么缠绵。四月，正是浓情的季节，那些气味有点腻，有点沾人，可我不嫌多。这样的春夜，就适合听这样既深情又缠绵的曲调，哪怕听到眼泪都流出来，直到睡意深浓……

第二卷 花事不惆心

秋末花事了

秋，一个枯黄的季节。

能见到一些心动的颜色少之又少，即便是南方小城，也缺乏了激情的滋生。偶尔，在草丛间看见一朵朵黄得惹眼的小菊花，眼睛里就会生出一幕幕欣喜。

这个季节，是注定一场花事的剧终。而枯萎，就成了伤感的潜台词。之前，总是对着秋天的冷凉悲情。而此时，我发觉枯萎也是一种美。美得心痛，美得记忆来回奔跑，美得人的思念陷入一幕幕幻境。

不是吗？所有的花草树木都改变了行程。一层层薄了，一程程短了，一节节瘦了。那些有光阴有回忆的日子，就连心思都抹上了深浓。

有回忆的日子真好。至少我是这么认为的。

我喜欢这样的时光。一个人慢慢行走，慢慢搜寻，慢慢回忆。慢慢地，在一些心动的邂逅里，捡拾起一朵朵小惊喜，由凉到暖，由薄到厚，再由厚变成一串串长满细菌的字符，一起塞进骨髓。

空下来时，看衣露申的小说《开到荼蘼花事了》，读得我心痛，很久没有这么静下心来看完一本书了。也许是故事的情节太感染我了，再或许，这本书的内容触及到了什么。相比小禅的那篇散文《开到荼蘼花事了》，我更喜欢衣露申的小说。

"花事了"这三个字总叫人惆怅。花事，本就是一场美的事物，怎么就可以了了呢？怎么就可以说了就了？

　　慢慢地我懂了，任何美好的东西总会有一个尽头。如季节，如风景，如花草，如……爱情。初始，美到炫目，美到惊艳，最后到秋深，全都枯萎了，开到荼靡，那场面心惊得骨骼都疼痛。

　　这段时间，阳台上的花草已不见了鲜色。细瘦的蔓藤上多了一些发黄的细叶，一些掺杂在绿叶之间的枯黄让血液有了荒凉入侵，像寒露一丝丝，向身体一层一层靠近。

　　下雨天又去了"爱莲池"。这几天，雨水愁人，正适合秋深凉意泛滥。

　　才接近荷塘，冷风就马不停蹄地扑来。荷，早已不见荷花，只剩下几枝孤零零的莲蓬，孤单得令人心痛。那些荷叶呀，像什么？像老了的妇人，干瘪瘪地耷拉在枝干，水面上，满池塘都是。残荷，难道这就是李老十老师画里的残荷？看书上说李老师画残荷，萧条而凄凉，寒意袭人。

　　这场面忧心得不得了。想曾经，它们都那么努力地生长，努力地绽放，努力地开成世人眼里最喜的模样。而如今，都残败了，还有谁记得那一刻风景？

　　秋天的雨，一落就没有止境。尽管冷风乱飞，但我喜欢，我爱。

　　爱了就没有什么顾虑可言，哪怕湿了发梢，湿了眉睫，即使把心湿透，我也甘愿。

　　微风细雨里，一个人慢悠着。看雨水跌落枝头，看深秋落叶缓缓下坠，看两旁的小野花在凉风里颤动，思念就慢慢延伸……雨，一阵阵地，或急或缓。风也加大了速度，但我并不觉得冷，因为有心念覆盖了所有。

　　一个人的一生，有一份真爱就足够。哪怕只是遥远的，短暂的。

　　从年少到青春，从葱绿到墨绿，再从春季到秋季，再到季节枯黄。总以为光阴的流转会让我们遗忘很多，殊不知一枚叶子的坠落，一程风景的回旋，一首熟悉的音乐响起，都会将我们拉回最深的回念。

　　我还是那个多愁善感的女子，会因为一些事，一些人而触景生情。

会因为一首动情的歌而流泪满面。那些曾留在心里的梦，从未曾改变。

晚秋，众多的枯黄揉进眼里，一层压过一层。此时，我发觉那些枯萎凋零的样子都那么诱心。看到这些植物的凋零，我想到我老了的时候，该是一个什么样子？像残荷那样耷拉遍地吗？

不，我绝不。心里有倔强的声音发出。我要学杜拉斯那样，慢悠在夕阳泼墨的老街，身着自己喜爱的花色服饰，傲世独立。

即便是满脸皱纹，发丝银白，或者牙齿全掉光，依然也要让自己老得"生动"。

荷塘秋色

秋色，在我的南方小城，早早地入住。

我是个喜秋的女子，对于秋季，有着浓厚的情怀。那情感有多深，我至今也不明白，总之，这个季节的来临就是我思念疯长的日子。

因喜爱，所以多半时间外出。凡是相关于秋天的韵事，都在我眼里生出丝丝的欣喜。那些落叶、雨滴、秋花、秋露，那时的心情无止境地延伸。所有的颜色都成了画卷，在我心里。尽管萧瑟，忧伤时想掉泪，但那些美早已刻进了骨子。

记得是早上，逢上落雨，便想去与一程秋邂逅，拍荷花凋零的景况。其实我专等这个日子，像是等一场约会，已经等了很多个时日。

去得荷塘，才知道我来的地点和时间不对。整个池面只有三两荷叶聚集在一起，稀稀拉拉，甚是稀少。且距离很远，莲叶微黄，在我镜头下根本构不成一景。

倒是浮在水上面的睡莲吸引了我的视线。之前，我只是在网上看见过睡莲的图片，对这种花的了解很少。当我真实的看见她们，我才知道，这睡莲有多美，有多么入骨。

听说睡莲开在夏尾，我惊奇怎么深秋了她们还开得如此惊艳，便想是南方气候的原因吧。

雨，淅淅地下。打湿了发梢，眉睫，我全然不顾，只管为这秋天的奇异惊呆，那些惊艳在我眼里全都成了水墨画景。

小小的莲，黄的、白的、粉的、在一叶叶碧绿上点缀着池塘。有些羞涩，有些娇弱，还有稍稍的妖娆，似女子的温柔，在秋天的萧瑟中极其耀眼。这样的娇柔极度诱惑，带着致命的武器，直接抹杀你眼中另外的景物。我想，那是仙气，真的。那莲开在水中，开在幽绿的荷叶上，端然伫立，不可侵犯。

偶尔，有几只小蜜蜂飞来，圈圈绕绕，而后停留在上面不想离开。那小蜜蜂也不怕雨水淋湿，像我一样痴傻。荷塘秋雨里，这又是一副奇特的风景。像古朴的画卷，添加了另一种颜色。

我在想，这睡莲，也多是寂寞吧。在水里，沉闷了那么多时日，既然开了，就应该开得妖娆一点。日出起舞，黄昏再闭合，只因为花期短暂，不想辜负，不想辜负呀！

这算是偶遇吧！刚刚出水的莲，多是俘心。一个人看花，边走边爱，那些美，是诱惑的，也是难得的。不忍说出，我怕说出就轻薄了，玷污了她们的清高。

雨，继续在落，薄薄的一层轻雾，有些朦胧，有几点凉意。是秋雨湿心，或是秋色扰人，我不知道。

我在百度里看到："睡莲、荷花可以统称为莲花。是水中女神，可望而不可及。所谓伊人，在水一方，她是眼前的风景，是你项背的风声，是你心尖上最怕触的一点点痛。"

这句子比喻极好，我喜欢。

莲，不张扬，不炫耀。其品行极其清高，是不可诋毁的花中奇物。她们无意与谁媲美，却在水的中央开出片片惊艳，只几枝就可以霸占你全部的视线，夺了你心魂。微雨轻飞里，走在池畔，清醒至极。那意境可忆前生，可触痛起你心里最柔软的部位——念一个人。此时，或凋零，或老去，或忧思成疾，都愿意追随。

　　我想起了那首纯音乐《出水莲》，只有那些埙的音符才是绝配。秋天的韵味，千回百转，深寂幽怨，柔肠百结。听那琴音你可以感知出淤泥而不染的清雅高洁。

　　雨水渐歇，有凉风拂过眉梢，我看到一朵莲悄然绽放，在心里。

　　素素的白，粉粉的艳，黄黄的俏……一池秋水柔了秋心，那些莲最妙曼，似一多情的女子，倾城绝色，醉了赏花人。

　　如若这些秋色不凋零多好，不凋零，光阴就不会老去。不凋零，那些风景就永远在，不凋零，那份情是不是就会永远缠绵……

紫薇

紫薇花又开了很长的时日，满山都是，艳得滴血。

只要上得山去，漫山遍岭都是她们的影子。那颜色，那风情，还有那妖娆，最容易被她们迷惑。庆幸的是紫薇没有太多的味道，本身就这么妖艳了，如果再配上香气，那还得了，不迷死很多人才怪。

在我的小城，这个时期就紫薇花最为繁盛。那色彩浓得过分，不分次序，不论场地，争先恐后地挤着开。

最早我是不认识紫薇的。记得我第一次见到她们时，是在一个早上。我喜欢早起爬山，尤其喜欢清晨的空气。那时候只是远远地看着，那些粉色，白色，红色，还有紫色，像赶集似得，全都聚集在一起。那时她们给我的感觉是，太过张扬，放荡，有点粗俗，不检点。不但俗，而且还有妖气，所以不想太接近，怕沾惹一身的俗气，只因颜色太吸引人，还是忍不住用手机偷偷拍下。

紫薇粉红偏多，最为惹眼的是一大片一大片开着，开起来就不要命。早起上山，隔着晨雾看花，觉得那场景简直就是仙境。稀薄的白雾里，云烟环绕，偶尔半山腰露出的粉红，像女人身上的肚脐，惹得路人胡思乱想。这样的景色，怎么能忍住不偷看。凡尘琐事多了，能在这样的日子里，看到如此美景，也是一番享受。

只因是女子，那个时候，特别喜欢花草，回来就把她们贴上空间，算是一天的好心情。

有人说那是紫薇，那是我第一次听她们的名字，有点惊讶。因为在我的思维里，紫薇这名儿应该像小家碧玉，像琼瑶小说里的女子，多是温柔、端庄，低眉而不失羞涩。而不是这么张扬，大胆地显摆。当时我觉得这名字配上这种花，就有那么一点不伦不类。很多东西就像感情，见面多了，了解多了，接触多了，就会日久生情。紫薇就是。

当朋友问起我这里的紫薇，我跟她描述得绘声绘色，她打趣道："你每天那么早去山上，是不是跟人约会去了？"我心里暗笑。

我承认，最初我不喜欢紫薇，那是因为她们太艳。而今，我改变了对她们的看法，只是因为每天的遇见。

人生，有多少相逢，就有多少相知相随。就像感情，爱的时候自然爱了，不需要什么借口，你只需付出，不求结果，不求时间长短，甚至不在乎他心里是否也同样装着一个你。

爱花就像爱人，我最惆怅风雨过后的紫薇，那场面目不忍睹，惨淡至极。遍地的落红，满地都是，像血液浸进草丛、树根，也浸进我的骨髓……一个字，痛。无助地看着紫薇花一瓣一瓣地坠落，跌在草缝，砸在湿漉漉的地面，挂在草尖尖上，无奈乎泪流。都说紫薇无香，而那时，我却觉得她们的香味带着潮湿和繁厚直往我心里窜，缠绕得呼吸沉重。

我不相信命运，但我相信爱情。有爱的日子，什么都是满的，包括那些小任性，小心思，小矛盾，甚至没有言语的日子里都装满相思的情味。

如果下辈子有机会做花，我想我一定会做紫薇。不管花期如何，时间长短。我一定选择一场自己喜欢的爱情，爱就要爱得轰轰烈烈，无怨无悔，用满满情怀来装扮我的一生。

黄昏的时候，紫薇花在夕辉的映照下尤其动人。隔着光阴的缝隙看花，那场面全都是感情。不曾动，不曾想，就那么一瞬间，我的前世今生，包括我的后半生，所有的画面全都清晰。我在想，等我老了的时候，拥一亩田园，几间青灰小屋，古朴的那种样式，周边依山旁水，花木琳琅。

　　繁盛的紫薇花下，我踩着旧了的光阴，一边数着花瓣，一边数着回忆……

喊醒冬天

十二月，一年终于走向尾期。

十二月，预示着一年的光景就快结束也预示着新的一年就快来临。

或许每个人都在虚叹光阴，虚叹时光的流逝，虚叹那些青春年华，还虚叹人生的短暂和生活的不易。

我也不例外，也会叹息，也会抱怨，也会在生活最低沉时虚叹光阴的决绝。尤其在我的南方，看见了枯树落叶，一层一层，一片一片，那情景就会触动内心。

冬深里的早上，站在小城的最高处，雾气浓厚得睫毛都染上水珠。放眼望去，白茫茫一片，只有眼前的枯草老树还隐约可见轮角。往日的那些"可亲的""可爱的"小花小草全都被这个冬的冷气残忍地埋没。尤其是稍稍移动，那冷气就顺着袖口、衣领直接窜入体内，殃及我的心脏，甚至经脉，甚至骨髓。

所以，我说了无数回，最不喜欢冬天，最不。

我知道，加上"最不"二字就觉得自己太倔强了。是的，这语气有点生硬，几乎不近人情。可我是一个内心最柔软的女子，怎么可以忽视冬的残忍和绝情？

满目都是枯树呀！满目都是。那一刻，我的眼睛有点潮湿，我知道不是雾水打湿了眉睫，也不是惧怕这个冬的寒气，而是我最喜欢的，我最爱的……再也不见那些熟悉。

万物都在一片枯寂之中，被雾色层层包裹，冷清可怕。我站在老树下，看见一只只小鸟在树木中穿梭，在堆积的残叶上找寻食物。看见那些枯木残枝在风霜摧残下饱受霜冻。还看见雾水一滴又一滴跌落枝头，那声音直接让我的内心有一种孤独感在延伸，甚至膨胀。

我不禁想起小禅写的那篇《枯木》来。"枯木——那些死掉的老树。几百年了，还站在那儿，任风雨侵蚀、腐蚀、磨损。那不明来历的残缺之美让人震撼，心里咯噔一下。还不算完，还有说不出的沧海桑田，仿佛庞大的孤独在这里膨胀，你听得见呼呼的声音。"

是的，这样寂静的环境，我真的听见了，也感受到那种孤独和寂然的凄美在心底油然而生。

一个人的冬天，我知道需要很大的勇气来承受，但这些都无关紧要。重要的，我依然可以面对霜风、寒气和凄冷的纠缠。

这样的天，最适合念想，一些老去的时光，一段心动的故事，一程美丽的风景，还可以偷偷地念一个人……多好，多适合驱散寒意，多适合把心心念念揉碎，而后，拼凑所有的画面，再结合眼睛所看见的。

于是，所有的枯枝老树，包括我。终于不再寂寞了，终于抵御了寒气的偷袭。终于，把自己温暖。

于是，你可以站在冬天的最高处，随意地大声喊出——冬，就快结束了，就在明天，就在那些枝头，我看见了春天，离我不远……

是的，冬天过后就是春天。那些枯萎只是暂时的沉睡，暂时地休眠自己。

就像生活，总有累的时候，累了就休息一段时间，累了就给自己放一次假，累了，总得给自己一个返修的机会。时光，我们无力对抗，但只要自己活成自己的风景，像枯树一样老成自己的风骨，又何惧怕寒气的惊扰。

　　其实，冬天也没有那么可怕。心里装满感情的人，往往内心都温柔得滴水，像露珠，在滴落的瞬间就注定了下一程机缘，转生后，就会遇见春天。

　　冬深，雾气又聚拢而来，一层层加重。

　　因为有情感在心底延伸，因为有思念，有温情……我对着远方呼唤。

　　也许他听不见，听不见又如何？但我尽了力气呼喊，也是值得。

腊味飘香的小日子

"腊味"是具有香气的，有一股股亲切感，隐隐中透露着喜悦的成分。

一想到腊味的东西，内心里引诱着向新年的日子靠近，那么迫切。

腊味，在小城或农村，进入立冬以后就很浓烈了。在乡下，只要冬季到来，就是开始宰杀年猪的时候了。其实，宰杀年猪不单单为了一个吃，而是预示着新的一年快到了，腊味也是飘香的时候了。

记得很小的时候，每到家里宰杀年猪，我就知道新年快到了。那个时候是那么盼望过年。那个时候，觉得一年的时间好长好长，长得我的旧衣服旧得不成样子，还等不来新衣服穿。

光阴就是这么决绝，现在总是觉得一年的日子好快。快得有点心慌气馁，还是跟不上时间的流动。

周末出门爬山，路过一家小院子。看着路旁的竹栏上挂满很多一小圈一小圈香喷喷的香肠。每小节香肠有大半双筷子那么长，其颜色深红，在太阳光的照射下，那金晃晃的影子尤其诱惑，看着就有偷窃的心思。眼前这些安逸的东西感染了视线，那一刻，我竟然觉得这样的时光里有小小的膨胀感。

回到家，居然冲动了好长一些时间，计划着今年该准备一些什么。也去自己动手做一些香肠？还有腊肉，腊排骨，腊鱼，腊鸡……我热情地计划着，活跃的细胞传染体内的每一根筋脉。

我急切地准备打电话咨询妈妈，到底该从哪里入手。拿起手机又放下，我后悔自己的冲动，这么小的事情就不麻烦她老人家了，免得妈妈又提心吊胆地担心我会做出不成样子的东西来。我承认自己做事马虎，不够细心，但是，今年我一定要为这些馋得流口水的腊味亲力亲为。

我记得妈妈以前教我的方法，先做腊肉，尽管我不怎么喜欢吃，但自己亲自动手做出来的，一定非常香。

腊肉，是四川冬季里最主要的特产，几乎所有的四川人家里都会做腊肉，只有这样的腊味才最能体现新年的风情。

我把上街买来的二十斤最精瘦的五花肉平铺在小方桌上，事先已经叫卖肉的师父分割成比筷子长一个半的长方块。拿出买回的腌制盐，酱油，花椒面，少许辣椒面，备用在每个小碗里，将腌制盐和花椒面装在一个碗里调和，还准备了橘子皮。

先开始将五花肉均匀地抹上酱油，这颜色像给五花肉化了一个妆。然后再抹上调和好的腌制盐和花椒面，撒上少许辣椒面，这样依次做完后，放在事先准备好的塑料桶里，第一层满满地铺好，放上橘子皮，再一层接一层这样压上去。最后用桶盖把桶捂严实，腌制一个星期，期间上下翻动一次。到时间后拿出来用开水把每块肉清洗干净，再一块一块挂在阳台上让风吹干。

我一般不喜欢吃被烟薰过的腊肉，觉得用酱油腌制好的腊肉就很好吃了。所以妈妈教的方式都不用薰，这样的腊味也可以有香有色，且味道浓厚。

那段时间，我一直期待着自己亲手腌制的小腊味。还没等水分干透，就迫不及待割下一块放在锅里煮，看着水开后冒出的水蒸汽，那香味直往鼻孔钻，心思就激动起来。熟透后一小片一小片地切开，把它们整齐的铺在盘子里，中间放上香菜，像一朵绽放的花束，异常妖娆人心。

那个中午我吃得特别香，原来自己做的东西就是不一样，既充实又饱满，又处处生情。

闲暇的时光里，我还是喜欢这样有情调的小光阴。闻着浓浓的烟火味，整理着自己的空闲，把心情放在最适当的时间里，放任时间流淌。不惊不扰，不缓不急，自己做自己的王，让这些小烟火的日子，处处飘香……

每一片落叶都像蝴蝶

冬，终于浓了，有点愁人。

寒气渐深里，我感受到这个季节的冷气穿透了肌肤，直入人的骨髓。

冬日里，我是那么渴望暖阳，渴望有阳光的日子将每一层空气清馨，以及人体里的每一个细胞都活得有滋有味，该有多好。

又是周末，阳光终于兑现了对我的承诺。午后的光，从玻璃窗斜射进来，那些落地的影子上有微尘凌乱地飞。那光影异常迷人，有点暧昧，有点让人"胡思乱想"。

那一瞬间忽然就有了冲动，这样的好天气怎么可以辜负呢。于是，转身背上相机，带着孩子们一起上山。

南方的冬天总是与北方不同。银杏叶的颜色刚刚好，黄得发亮，金灿灿的，在太阳光的照射下，那色彩有点炫目，有点勾引人心，让我感觉不到这是在冬天。

的确，秋天已经走了很多个时日，可我的眼里分明看见秋还在冬的枝头停留，不忍离去。

银杏叶一片一片地飞，那是秋天乘着落叶又回来了。我的眼里有了潮湿，那也是秋走后不知是第几次思念。

冬天里，思念终是瘦了，瘦成了一汪清水在眼底打转。有的情感我不能说，我知道落叶是懂我的，就像它们懂得，今日的下落，是为来年的相逢种下一纸契约。

所有的叶儿黄得亮眼，黄得心疼，每一片都在下坠。因为它们都知道自己的归属，叶落归尘，即使明知道是末路，也义无返顾地追随。

那一刻，我分明听见有叹息在每一片落叶之间发出碰触，声声入耳。

那一刻，心有微痛的感觉，我甚至感觉到每一片落叶触底的声音砸中了我的心脏。

那一刻，所有的美都聚集在一起。解脱了，放下了，像一只只飞累的蝴蝶，安静地躺在地面。

不再有什么遗憾，不再有什么奢求，不再陷入尘世的繁杂中，安心着这一程的归期。

孩子们在捡拾落叶，那表情很细心，生怕弄疼那些精致的叶片。虽然生在南方，但是这么美，这么多的银杏叶她们还是第一次看见。以前也来过很多次，只是那时时节不对，绿色太多，银杏树就隐藏在一片青绿里。

小女们爱极了这些散落的小精灵，她们一片又一片地拾起，全都握在手心，直到小手再也握不住了，还贪婪着不肯舍弃。尤其是当一阵风吹过，树上的叶儿就簌簌地下落不停，漫天乱飞。孩子们手舞足蹈地跳跃着，舞动着，那情景感染了每一片叶子，它们飞落得更加美丽、轻盈、妙曼、洒脱，让人不由得联想到蝴蝶飞舞。

真的，那情景就像蝴蝶在飞，美得炫目。她们追逐着，开心着，张开小手使劲地欢呼。

孩子们的手掌积满了叶片，但她们依旧不肯停止。大双说要把这些小蝴蝶带回去放在书里做书签。小双说要把它们制成一个精致的标本，作为纪念。看着她们认真的表情，我有点自责自己的不负责任，缺少了对孩子们的爱。

繁忙的生活，很长时间没有带她们外出了，以后一定要多用一些时间，带她们出来见识见识大自然的风景，培养她们对生活多一些热爱，多一些温情。

银杏叶还在继续飞，一片接着一片，满地都是。孩子们还在继续捡拾，忙个不停。

那一刻，我的眼里看不见落叶。只看见满是蝴蝶的影子，在空中越飞越高，越飞越美。

终于，飞累了，落下了，满地都是美景。包括我的心，那一刻，我感觉到秋天真的回来了，在我的眼里，在孩子们的欢笑声里……

素色染春风

刚开春那会儿，我就等待着梨花一大片一大片地开，像雪一样，铺天盖地地开呀开，白得惊心，白得丢了魂。

我奇怪，连续的几个夜晚都梦见梨花，大束大束地开着，漫山遍野都是。有山有水，有烟雾弥漫，有人影牵着，朦朦胧胧的，不是很清楚，只管跟着那人一直走……

知道，我是喜欢梨花的，无可救药地喜欢。那些纯白呀，像春心萌动，念起，便有春风十里都不及的深情绵延。

春就是多情的男人，到处留情。什么杏花，樱花，桃花，李花，都去招惹，让那些风情万种的花全都围着他转。尤其是桃花，最为妖艳，处处煽情。好像整个春天没有她的出现，就会黯淡无色。

恰好，我最不喜欢艳色，偏偏我最喜欢素白素白的梨花。一枝接着一枝，一朵连着一朵，乍看，像刚进入青春的小女子，羞涩，娇柔，温婉动人。那时的姿色最为生动，才最为诱人。

在乡间，杏花开得最早。而后，紧跟着就是梨花了，挨着挨着地开……

乡野田间，还是低温，有风一层层地吹，夹杂着凉气。窄窄小路，多是悠闲，憺然看见几树杏花梨花开着，那惊艳的白，让心扑腾扑腾地乱跳，惊喜至极，像邂逅了倾心已久的情人。

梨花多美，像唐代诗人白居易笔下的"玉容寂寞泪阑干，梨花一枝春带雨"，一位娇柔美丽的女子，"梨花带雨"最恰当不过。当然还有一些娇羞，恰恰是这娇羞才是那初春气息最诱惑的场景。

山青水墨，这梨花就是点缀，真真的是一幅绝美的山水画呀。

一个人，慢悠。有微风，有细雨，有湿气缠身。还有梨花的清香，雨水的湿润，薄薄的一层，在周围，在草木间，在枝丫上，都是春的风情，心的泛滥，缠绕得呼吸窒息。

"梨花有思缘和叶，一树江头恼杀君。最似嫱闺少年妇，白妆素袖碧纱裙。"这是白居易《江岸梨花》里的诗句，就是写梨花的漂亮，后面所说的嫱闺少年妇写梨花的白净亮丽。嫱妇都是穿白衣的，而少年嫱妇又有一种惹人爱怜的气质。所以整个诗意就是写梨花的漂亮和惹人怜爱与娇柔。

在我的意识里，梨花是低调的，不像桃花、樱花那样过分张扬。但只要有她们的绽放，就有惊艳的素白。白得人心长出一片片幻境，一幕幕春色，只是几颗树，几枝花就足够煽动人心，乱了心脉。

微风细雨里，走在一棵棵花树下，有心事涨潮，有记忆翻滚，有前生，有今世。还有梦里的人都像注定好的因缘，待相思成疾，我便去做了那花下人，摘一枝带雨的梨花，等他来预约今生。

梨花的爱情花语是最纯情、最纯真的。她们以最浪漫的姿态守候一辈子的分分离离。你来，她在，你不来，她还是在原地守候，无怨无悔地付出，年年月月，至始至终。

听陈瑞的《梨花白》，那琴声缠绵得要死，那些词调也在心里千回百转，百转千回。风来，有花瓣碎落，一片又一片，叠了又叠，美得醉心。

我在花树下孤立，不再言语，只管聆听……"每个人都有自己的无奈，就像这花儿开了又败，梨花白了又白……"哪管你来不来，在不在，待春风都尝遍，又是一个明媚天……

花事不惘心

当春风传来第一次信息时，我就想着，今年我一定要去看一场最浓重的花事。我自言自语地叨念：

春天

就应该去

相逢一场惊心动魂的花事

哪怕不深情

哪怕不缠绵

哪怕，被辜负

哪怕，最后的最后

"繁花落地成霜，耗尽所有目光，不思量，也自难相忘。"

新园乡间那一场铺天盖地的花事，终于让我的心事在这个春天有所缓解。

邂逅那场声势浩大的油菜花，是我的心有所盼。

人潮拥挤的上午，风稍稍有点偷懒，阳光也被这阵势吓得躲进了厚厚的云层。天公不讨好，还时不时下一会零星小雨，春来的三月就多添了一些微凉。

但心不凉，只因为这场花事。只因为，这个季节是我的心心念念。只因为，某个人，某件事，某一些不能言说的情怀。

花，仍是花。情，总归是情。深情，仍不减。世间缘分本就无定数，无关乎圆满，无关乎结果如何。

乡间，那些田园坝上，那些花色，那些由青、黄、粉、红相配的山色画面。我言说不出，真的说不出呀！我只知道，我的眼睛，我的心，被迷惑了，被掠夺了，被一层层青黄的油菜花包裹得满满的。我确信，那不是真实的场景，有似梦的错觉。

还有那空气，清香得甚至忘了呼吸。一股拥挤着一股，直往鼻孔里窜，想挡都挡不住。

一层层菜花似锦，微风漫游，那场景妖娆得人心颤动。

乡间悠荡就是这么畅意。偶尔，春风多情，风筝高高地旋飞。偶尔，游人欢呼，自行车队在田间小路上赛跑。还有，身着一身白绸衫的女子队在花丛间悠闲地做着瑜伽。身着五彩旗袍的姑娘们更加不示弱，那身姿妙曼得如人间仙子，甚是招惹游人的眼球。

乡下油菜花是追逐着春风开的，风吹到哪里，哪里就是一片黄灿灿的金黄。那一会，绿叶陪着菜花，菜花引诱着小蜜蜂，小蜜蜂牵引着小蝴蝶。甚至，那些花宝宝都还没长齐全的花骨朵，都迫不及待地来赶这趟煽情的春事。

还有近处的杏花、李花、梨花也来赶这场热闹。

田坝小径，枝头花事，一处甚过一处。那些杏树，梨树，桃树，很多应该不是特意种植的，应该是春姑娘一不小心遗落在田边的种子吧！相隔不远一棵，再隔不远又两三棵。那绝美的画面真的像一幅画呀！不，就是一幅幅水墨丹青画。我自认为就是。

是就是吧，我不否认，我被迷惑了。

我在心里喊出：风，你慢慢地，再慢一些，让这春天的花事多停留一些时日。花朵儿，你尽情地开，别羞羞答答地丢失了自己的本分……趁春色正浓，光阴正好，我们还有什么理由去拒绝。

那一刻，我眷恋那些风花物景，不亚于眷恋某一个人。那些温润润的意境，噬心，入肺，入魂。

整个乡野坝田，成就了一桩桩美事。看人间花似锦，再惆怅的心，那会儿，你还惆怅吗？

一枝春

终于，冬去了。春，带着萧寒来了。

我有点惆怅，这一冬，我盼雪，那份激切，那份望眼欲穿。而他，到底是不知晓我的心事，终是未能如愿。

冬末的最后几天，只要是空闲，我都是不停地行走，似是寻觅，似是探索，似是想留住一些什么。雾气，没完没了地和一些植物纠缠，包括我的发梢，眉睫，以及整个身体。而后是太阳懒洋洋地爬上枝头，混合空气，混合尘埃，混合一些春天的气体，一同给大地浇注一层层迷离的光环。

这个转换的季节，只有梅还能挽留得住我的心，其他，我都不放在眼里。

我是喜孤清的女子，只爱好与草木花朵为伴。在我眼里，任何有生命的植物，都是一场灵魂的陪伴。

今冬，去了几次梅林，都是一样的心情，喜之不尽。最早一次偶遇，是惊喜，带着说不出的欢心。最后一次是昨天，很是吃惊，到底是花，才几天时间，就香殒得七零八落，看了很是心疼。

花枯香散，有点惋惜，我轻手轻脚地走到树下，捡拾几朵放在手心。淡淡的味，不再是香浓，颜色也淡淡的，花边全是枯萎的迹象，带着残迹斑斑。放眼看去，满地都是，满地都是残花呀！我突地心惊，多可惜的梅啊，就这样香消玉损了。

冬，就快尽了，春，也就来了，那时，百花争艳，蜡梅就成了标本。

这么想的时候，这一地的冷香忽而就柔软起来。落吧！落吧！缠绵地散，尽情地落。都是岁月静美，都是深情款款，来年又好相逢！

花亦深情，人亦深情。有些遇见和再见就是值得用心。哪怕只是瞬间的邂逅，只要倾心，就必定倾城。一如人与人之间的感情，不论时间长短，遇见就是欢喜。

蜡梅去的时候，红梅也就相继开了。像似来给她们送别，一树挨着一树，一枝连着一枝，一朵接着一朵地冒出粉色。

那些粉呀！是热切的，是奔放的，是妖娆的。我知道她们在赶赴一场春事，必定是带着热烈。

我开始怀念旧年的春天了。那些春情，那些花色，那些心底的秘密，都带着旧的美好。即便是未能说出，也足够让人回味一生。

常说，春来了，春情就散发了。就如枝头的朵朵梅花，粉粉艳艳，热热烈烈，大张旗鼓地相拥而来。还有的说，春来了，就要和相爱的人在一起，看百花争艳，草木生辉，再多的情都不够挥发，再多的情事都嫌不多。

是不能嫌多，嫌多就说明你不够年轻了，嫌多了就觉得时光薄了，光阴瘦了，自己的心也就老了。

多残酷的现实呀！稍不留神就错过了花期，错过了一场又一场相遇。我望着枝头盛开的花事，就这样痴痴地想，一定不能错过，一定不能，哪怕只是单独的一枝，我也要陪她们一起绽放。

你瞧，春来的枝头多妖娆呀！红红粉粉的花蕾，一枝压过一枝，一朵赛过一朵，粉里透着红，红里透着白，两两相映，两两相牵，那些味就直窜心里去了。

春花登场，一切都在顺其自然地发生，那些膨胀的气息也在体内横冲直闯。

　　这个春来的季节，我将那些蠢蠢欲动的情怀，就命名"一枝春"吧！春事，春事多诱人呀！没有什么比春事更让人心动的了。我也是，你也是吗？

暗香浮动月黄昏

南方的冬月，很冷，尤其今冬，气温总比往年低了好几度。

于是，出门的时间少了，身体窝在被窝里，就像一团棉花，懒惰得松散无力。

窗外，多是阴雾天气。一团一团的雾气笼罩在玻璃上，形成了一朵朵精致的窗花，像是刻意，像是修饰，像是给这个寒冷的冬天留下一些痕迹来证明。

月中，推开窗，寒意颤栗。我是一个从不怕冷的人，但因了冬的决裂，也受到了少有的牵连。

整个视线落在了窗外，那些山，那些水，那些风景，那些饱受摧残的草木，全都在冬的气体里走样变形，纷纷散去了芳华，消瘦得如同骷髅。只剩下躯体，只剩下枝干呀！可那样子酷极了，我喜欢这样的枯，有凛冽坚强的味道。如同我的任性，决绝得心疼。

深冬，说到底还是没有想象得那么绝情。

至少，还有留恋的颜色可以温暖视线。比如蜡梅，我最中意的花束。只有她最先在彻骨的寒气里早早地与冬对视，且傲世独立。其他的梅也只是稍后独站枝头。

有阳光出现的时候，多半都是在那些开得深情的花树下游走。

一树树，一束束，一枝枝，一瓣瓣，全都开得甚是欢心。只可惜南方的冬天少了一场雪的临摹，多少有点孤清，有点幽忧寡欢。

因有暖阳，山上人多杂乱，我最烦喧哗，专捡少人的地方流窜。即使单独的一棵树，也能让我绕过杂草去看她们。孤孤的山头，那些零碎的花枝，并没因清冷而开得低调。她们零零碎碎地开，彻彻底底地依然深情不悔。仿若一女子，在芳华正茂的年月，尽情地展露她们羞涩的本色，简单，淳朴，不带一丝尘世的杂念。尤其是那香，像是钻进骨髓呀！

蜡梅的香似女子的体香，浓烈，诱人。且有撩人的深度，不可抵御。

立在花枝下，看着阳光的影子在每一朵花蕊间迟缓游动，意欲似在调情，不舍离去。蜡梅也是，越发地使劲开，像要撑破所有的空气，去奔赴一场生死恋情。

枝头开的，地上落的，一瓣挤压一瓣，那气氛有多热烈，那香气就有多深浓。只可惜，年近岁末，日远稍落，故事终究会翻阅到另外一个章节。如岁月的年轮，一日淡漠一日。如我此时的心，习惯了清冷。

终是黄昏，偷摘了几枝，原路返回。

偷，我心疼这个偷字。其实，我是不忍心呀！可我最终还是狠心地伸出了手。后悔了吗？不，就我来说还没有那么大度，至少我的私欲心还没有彻底清除干净，因我是凡人呀！我做不到不动心。

近半月了，不曾写字，什么都不想做，什么也不愿去想。日子懒懒散散过，花来闻香，日来虚度。直到时间反反复复地在我的心口划下几道灰白的印记，而后一切照旧。

冬月，暗香晃动的时日，总有一些病态。懒撒，不写字，但读书看文还是我最好的习惯。

依着枕读北宋诗人林和靖的《山园小梅》。"众芳摇落独暄妍，占尽风情向小园。疏影横斜水清浅，暗香浮动月黄昏……"其实，整首诗我最喜后两句，巧合了心思。

喜梅的人，都有不同程度的迷恋，比如林和靖先生，"他种梅养鹤成癖，终身不娶，世称'梅妻鹤子'。正是他对梅花有着异乎寻常的感情，才能写出这首流传久远的咏梅绝调来"。古人如此，况且我这心思柔软的女子。

南方，没有冰天雪地，没有大雪纷飞，可思念依旧千丝万缕地飞，白如雪，一白到底。

这个季节，蜡梅开得热烈，那些香，那些情怀，那些抹不去的往事翻来覆去地浮现。我叨念着，再给这个冬天加深一些颜色吧，那样，所有的寒气就会远离身体，所有的思念就会一如既往地相互纠缠。

人间三月马回春

都说上有天堂，下有苏杭。

可我们既不能上天堂看月亮，又由于时间、琐事的限制而不能随时出行去看看远方的美景。但我们可在春天到来的时光里，去到近处的马回乡镇走走。乡村的春天，那是人间最荡漾的天地。

马回乡镇，我自小生长的地方。

从我记事开始，这块充满乡土气息的文明土地，就在我的心里刻下抹不去的乡土情怀。

且不说三面环水、清澈见底的嘉陵江有多明媚壮观，单单是四季常青的绿色蔬菜和丰富的矿物、植物、花草就足以证明，这块生我养我的小地方值得我们祖祖辈辈的人来爱护和拥戴。

搬离乡村已有二十来个春秋了，除了回乡祭祖，细数回去的次数也就那么几次。所以，家乡在我记忆的影子里也就越来越淡了。此时想来，我深感内疚。

今年春节，承蒙朋友的邀请，参加老家举办的"欢迎游子归，庆春节联谊"活动，以展现新时代马回人的精神面貌与新文化风采的新春活动为主题。此后，老家的人，老家的山水，老家的田园，都在我的脑海里牵引出深深的记忆。

说实话，很长时间没有返回老家了，为了这场春节联谊心情还有小小的激动。

从进入乡镇的那一刻开始，一路上都是红旗飘飘，张灯结彩，人来人往，气氛异常热烈，我决定下车步行到汇演现场。

那天适逢阴天，隐约的农间田园，树木、房屋在薄雾后的淡墨勾染下，相映衬托出一幅幅乡村水墨画。一个人，一个包，一部相机，就这样轻松随意地漫游。两旁是青青的蔬菜，绿绿的果树，尽管还未到花开的季节，但我仿佛从那些绿意盎然的枝丫丫上闻到一股股清香的味儿。最主要是所有的气氛里充裕着一股股纯自然的乡土气息，这也是我最心动的家乡味道。

真的，很多年没有这种感觉了。尤其是那场"庆马回新春的百桌盛宴"，惊动了四面八方的来客，以及川内各大媒体。那时，周身都被这种气息笼罩，那味道的情感在体内纠缠又纠缠，特深，特浓。

"马回"这个情深意浓的小方块，是我记忆里最深刻，最难忘怀的根生之地。

水，还是那时的水；山，还是那时的山。草花，树木，田园，以及我眼睛所看见的山清水秀，都还是那时土生土长的本色，真正的纯天然修身养性的一个好地方。而唯一有所改变的，是旧时沧桑破旧的小房屋被一排排青砖白墙的小别墅替代。

走进小巷深处，所有的小楼房既干净又整齐，幽静且安逸。复古的木门，雕栏的小阳台，还有房顶上精致的琉璃瓦，无不显示着小乡村新时代的欣欣向荣的景象。

围绕着小别墅的是一片片碧绿清脆的田园，远处则是清澈见底的嘉陵江水。每逢春来之际，青的、红的、绿的、白的、黄的……各种色彩汇集成一幅幅精致而美丽的风景画。

人间三月，处处充满花香，是四季最风情的月份。

在我的记忆里，每逢春天来临，我家乡的春色就平添了几分仙景。

首先是杏花、梨花、李花、桃花、樱花……最动人的是大片大片的油菜花，全都争先恐后、铺天盖地而来。

杏花最矫情，也是春天里最早的另类，开得最早。那些白呀，一树比一树惊艳，一朵比一朵开得热烈，一片比一片白得透心，像一幅幅山水画，点缀着乡村小路。

梨花和李花也不谦让，像雪一样，铺天盖地的开得决绝，她们一枝连着一枝，一朵挤着一朵，开得惊心，白得没心没肺。心扑腾扑腾地惊喜至极。

如若逢上雨天，稍不留神，你的眼睛就会撞上那些温柔如水的花骨朵，娇嫩嫩的颜色再配上晶莹剔透、亮铮铮的细小水珠，那才是春天里最独特的一道风景。

我也喜欢三月的油菜花，铺天盖地，包括所有的花事。但我更喜欢马回樱花绽放的盛景。

每年三四月的时候，是樱花最盛的时节。八千多株樱花树呀！呼啦啦地全都绽开。粉的、白的、红的，那空前绝后的盛况我只能用惊心动魂来形容。

当一树一树的花朵拥挤枝头，那大片大片的红粉花事震撼得人心晕眩。那时，飘飞的，绽放的，甚至凋落的都是一番别样的风景。

因了我是马回人，因了这里的山山水水，因了这里的乡土情怀，还因了这个季节的花草气息，此时，心情一层比一层高涨。

三月天，小别墅，粉红白墙。再添上流水，花事，乡村小景。这一幅幅完美的水墨丹青，就刻印在我的心上，也印刻在马回这块依山傍水的土地上，再相迎四方来客共赏……

桃花十里，我在梦里寻你

南方的春，是最多情的。

由不得你不任性，不矫情。那些粉，那些红，那些艳，还有那些被春风挑逗起的情怀，无论你怎么掩饰，都藏不住那颗蠢蠢欲动的心。

尤其是我这爱花如命的人，闻着这要命的清香气息，由不得你不去追寻。

下午的阳光很暖，暖的人心颤动，光阴失色。

雁坪坝暧昧的空气中，酝酿着春天最动情的气息，这气味弥漫着桃花香，迷醉着人心乱，有暧昧的味道窜进血液，以及骨髓。

整个坝上，全都是桃花，全都是呀！我惊呼那一刻的空气，那一刻的明艳，那一刻香气的如影随形。

一走入桃树下，那香味，那艳色就无孔不入地萦绕再索绕，纠缠再纠缠。如电视剧《三生三世十里桃花》的画面，似是要坠入轮回，找寻我前世今生梦里的那个人。

风来的时候，有花瓣飞落。落在枝干，手心，再跌入草丛。那些飞舞的姿态多像我的梦境，若即若离，依依不舍。粉色的红，呈现出情思缕缕，惹人遐想几许。看那光影，那场景，我终究是平凡女子，抵不住诱惑，如桃花，也生动到了极致。

想起《凉凉》里的几句歌词，"灼灼桃花凉，今生愈渐滚烫，一朵已放心上，足够三生三世背影成双"，心终究湿润起来。

来了就一定要尽兴，哪管那些前尘往事。

我举起手中的相机与密友一起进入花丛之中，让那些妖娆的花色花香全都卷入我的镜头之内。

是女人哪有不爱花的理由，除非她不是凡人。她们在花树下自恋，一边调笑，一边亲昵，再一边摆出各种姿态，真正的花痴女人。

如此风情，那些花香越来越浓烈。我们朝着两棵颜色最惹眼的桃树走去。

园子里的主人介绍说，那两棵树一棵是红心桃，一棵是粉心桃，满园就数这两棵的花开得最妖艳了。待五月桃子成熟的时候，欢迎你们来这儿赏光，到时满园的桃香一定会让你们忘记回家的路。

彼此闲聊了几句，尽是欢喜。

原来，主人的桃园已挂果几年，每年五月的季节都是瓜果飘香，丰收满满。谈话间，喜不自禁。

恰好有风来，那风儿一晃动树干，满树就下起了桃花雨，一瓣接着一瓣，一阵接着一阵。那时，地上，草上，满是散落的桃花。那时，绿里压上粉红，红里添着青绿，暖色调的空气，暖色调的心，满满都是暧昧的味道，软柔柔地渗透人心呀！

我贪婪那一刻的寂色之美，凭心而论，我有点自私，甚至我想将这美色全部打包，揣进梦里，去圆那场梦境。

到底是爱花的人，看着满地散落的花瓣，我的心惆怅了。

以至于久久，我还沉浸在那满满殷红的颜色里。那风，一阵一阵地吹着，心，一阵一阵地凉着。"凉凉三生三世恍然如梦，须臾的年风干泪痕，若是回忆不能再相认，就让情分落九尘。"

歌声回旋，那一树一树的小花瓣，下落得真令人心疼呀！

桃花雨，桃花梦，让我感受到这一时刻，永远让人留恋的桃花园地。

又一程风吹来，一树树花瓣扑簌簌地跌落，那情景有多美艳，就有多生凉。我深信自己，无论这凉意有多深厚，我都愿意追寻，以至于今生今世，年年岁岁……

二月春事

又一年，春事。

那些腥红的，妖艳的，雪白的。甚至撞击心灵的花朵呀！

她们总以为，这个季节是她们的天下。她们总以为，只要比以往开得更激烈，更用心，就会将整个事物的黑与白，以及整个花草的信息提前告知。

那些粉红，那些雪白，包括一些想改变环境的花事，唯有她们是最认真的。

而我们，只能袖手旁观。尽管眼睛与眼睛发出热烈的光芒，事物的颜色只能在视线之外。

二月的天空。

所有的空气，所有的植物。所有的，该有的和不该有的都在等待发生。

他们都聚集了更多的想法。包括一截枝干，包括一粒尘埃的幻想，包括一朵花，都有了充分的理由。

风，也开始了膨胀的心事。从远古到现今，从北方到南方，直接横空入世。再从一瓣花开始传输。

她们，时而清纯得像仙子；时而，妖娆得如风尘女子；时而，让自己寂静如莲。

而这一切，只关于二月的这一场传奇，只关于一场春事。

只关于你，关于我，关于一些事件的发生。

花事，越来越浓烈。

我听见，有细碎的脚步声，很轻，很柔软，很温馨。

她们努力相拥时，我能感觉到一些被紧紧拥抱的滋味。有灵魂的融合，有花朵的香气，还有一层层迷离的气息……

春事滋生，树枝有了万千宠爱，我说梅花的时候，一朵花就跌落在手心。

我开始想，想一些春天的事，还有你的名字。

我预知，这个春天，我会遇见一场盛大的花事。我会遇见，二月的梨花白，三月的桃花红，都将拉近我们的距离。

花期，越来越近。

你看，你看，她们高调地攀上枝头，那些红与白呀！全都形成了鲜明的颜色。

有的白如雪，有的艳如烈火，有的形成一道独特的风景。一起演奏出一场"又是人间风花雪月"。

原来，所有的花事都是一场灵魂的相依。

我惦念着："你不来，我怎敢独自老去。"

你不来，那些诉说梅花的事，都不会有人来证明和认领。

雪香

一月，已经冷到极致。风带着寒，雨沾着霜，一程碾压一程。

这几天，我的南方小城，天空一直飘着细雨，时急时慢，时缓时停。那滴落的声音有细碎的错觉，我甚至做梦都疑似有一场大雪即将来临。可只能是梦，毕竟很多年未亲眼看见有大雪覆盖小城的实景了。

我向往雪域倾城，向往着白雪皑皑的世界，向往一白到底的尽头，一直回旋着浪漫的回音。

风吹，雨落，北风一层跟近一层，就只等雪花光临了。

我是南方女子，恋雪入魂，可雪始终不在我想念的范围之内。我亦不在北国，唯有思念那雪的味道，方解相思。我是个善感的人，纵有南国的草木之香，花语之美，也无法替代那份浓厚的思雪之情。

午间小睡，疑似有雪花敲窗的声音。

一朵，两朵，三朵……轻飘飘地降落于我的心口。那雪影的出现，硬生生地将我拉回，容不得半点怠慢的余地。

于是，隔着手机屏幕我都能闻到雪的香味，清纯得和我痴恋的心撞了一个满怀。一见倾心，一见如故。

我一骨碌爬起来，惊喜至极地翻阅着，好友慧从北国发来的一张张雪景图片。有河边枯柳，有小桥流水，有腊梅待放，有雪压枝头，我小心翼翼地收藏，而后是后期细心地处理每张精致的图片。

我的痴迷过分得有点倔强，一如年少时的那一场雪。

那一年，青春正好，有雪花入住小城。那一年，芳华正茂，有雪覆盖了校园，覆盖了上学的路。那白皑皑的雪景呀，美得不能再美。也是一朵接着一朵，也是漫天地乱飞，也是一白到底的尽头，我们疯狂地奔跑着，追逐着……那一场雪，整整地下了一天一夜。你的头发白了，我的头发也白了，世界全白了。你说，就这样一起白到头可好？我使劲地点头，嗯，一起白到头……

而今，我的倔强没有改变，可芳华已面目全非。我曾经一意孤行地认为，那些话都是认真的，那一场雪可以作证。至今恋雪，念雪，都是一场不可遗忘的见证。

我亦是简单的女子，一直做着简单的事。多年来，学着像一朵雪花一样开得清绝，单纯，还是一意孤行地做着自己。所有孤寂的日子，我都将自己安放在文字这个狭小的空间，唯有它懂得我内心的执念和苍白。

而今，又是雪域怀香的季节。那些雪味呀，又暗香浮动而来。

原来，沉淀在岁月里的那些芳华早已刻成一道道抹不去的风景，只一现，就生动了，就极致了，还有那些片段，依旧填满思维的每一个空隙，精简成一张一张的画面。

于是，一到冬天我就开始贪恋雪花，贪念那份清味。

无关悲喜，无关遇见，无关最初的那一场相遇。只要有雪就足够了，就足够证明我的心还存活着，没有辜负生活，还在期待一场遇见。即使有时候有消沉的感觉，那也是时间和光阴，是它们苍白了所有的情怀。

冬月，寒气袭人，唯有那些心动的雪花让我情怀缱绻。

于是，所有的牵挂都有了最好的借口。我亦在痴想着，这个冬天能否再去邂逅一场雪景，即使不倾国倾城，只需一份雪香就足够。

第三卷 寻常光阴

寻常光阴

寻常，光阴。

都是很简单的字符，念起这几个字时，顿时心情也感觉简单了。

我尤其喜欢"寻常"二字，寻常多好呀！不修饰，不做作，就那么简简单单，普普通通，如经久不变的老旧事物，任岁月流淌，任时光飞逝。记忆翻新时，还在的，不在的，记得的，不记得的，都在寻常的日子里任意疏离，任意怀想。

又像一首老旧的歌，多日不曾记得，再重新翻阅时，只想单曲循环，就那么任性地听下去，直到所有的心事全无。

冬月的周末，一个人漫游古镇。天色出奇得好，阳光，露珠，花草都成眼里最心动的事物。还有那些旧了的古朴老屋，青石街道，格式碎花小锦，都在我的眼里活色生香。

我喜欢听《三生三世十里桃花》里的那首歌《凉凉》，听的时候，阳光正穿透云层暖暖地覆盖整个身体。虽然歌名有点冷，但那时我的血液是有温度的，正跟着阳光的升华不断加厚，有点情不自禁，又有一点任性的意味在体内横生。

是的，就是任性。因了光阴的流转，因了事物的重生，因了很多心事的生发，我正一步一步踩着时光的影子，倔强着前行。

深情的曲调，悠悠柔柔，依稀飘散着岁月里遗留的香。似温婉，似激烈，似疏离，又似相亲相依。那悠扬的调子会让人情不自禁地联想到，那些古旧的老式格调，那一对对悬挂在老屋檐下最醒目的红灯笼，还有一女子深情地偎依在小楼围栏旁吟唱："你在远方眺望，耗尽所有目光，不思量自难相忘……"

那些红灯笼有些褪色，分明是旧了吧，但旧的有旧的味道，旧得耐人寻味，旧得恰到好处地映衬了旧时的沧桑，旧时的人情冷暖，旧时的风花物景。还有那些精致的碎花细物，如女子的绣件。你会联想到还是这样的日子，深寂的院墙内，零散的花影下，阳光正好撞破纱窗斜射，洁白的绣帕，小小的绣针穿过薄布，一朵情花活了，又一朵情花落下，还有一只蝴蝶在等待另一只蝴蝶重生……

寻常光阴，还有旧得回味的窗格庭院。我依稀联想到一个素色素香的女子，着一身雅致的民国服饰倚窗站立。

万寿宫，古镇最老的明代建筑。临窗，有小天庭，有花草植物，有小井，尽管是冬天，可这是南方呀，南方是不缺乏这些颜色的。青石缸里，水清澈得可以看见底层的细沙颗粒。有小金鱼在水里漫游，悠闲得我的眼里生出嫉妒。我爱极了这些简单的物件，有着不同程度的诱惑，惹人遐想联翩。

这光阴，分明是意在引诱，让我的眼里长出幻觉，这情景不亚于一个心思出轨的女人，被一幕幕温情击中。

这些寻常时光，它是寻常的吗？不，我决意地否定，太不寻常了。它们孤傲，清寂，薄烟，清尘全都散发着一层隐秘的气味，正蓄谋着一场秋月花事的重演，让人不计其后果地陷入。

秋事到底过了多时？不记得了，也不想记得。唯有缓缓前行的光阴里，还剩下那么一些影子，模模糊糊，亦多，亦少，亦厚，亦重，累积着日程，加深着厚度。

回转的路上，有凉风掀起衣角，有意念纠缠着心事，还有一层清淡的味道拂过额头。寻常事物，老旧光阴。原来，生活中最奢侈的东西却是这些简简单单的生活本真。

　　再念起，既惆怅又美好。

在冬日里种一树阳光

冬日里，有阳光的天气少得可怜。

我虽不惧怕冬天，但没有温度的日子里，周身所散发的热量都带着胆怯的颤栗。我很决绝地想，绝不让寒意打压我的意志，绝不。

我喜极了朋友说的这句话："冬天，是缺乏阳光的季节，如果没有好天气，就要自己给自己在心里种一树阳光，那样的日子才会把温暖传递给别人，也温暖了自己的内心"

我是一个倔强得不能再倔强的女子，自己决定了事情绝不更改。

比如，这个冬天，早上跑步，爬山，增加身体的热量，提升自己的体能。比如，空闲时看书，听音乐，丰盈自己孤独的内心。比如，在寒冷的夜里，围炉煮茶，码字养心，写一些温暖的情话，虽然一句都不发出。那时，真正的岁月流光，想起一些人和事，心便温暖起来。

南方的冬天比北方还难煎熬。

空气里带着异常的低落，有时，甚至可以感觉到血管里流淌的血液都失去了鲜艳的色彩，而我不会再畏惧。

早上的空气稀薄得闻不到一丝温暖的踪迹，我依旧坚持在每一寸气雾里找寻一丝安稳的力量。看见被我抛弃在身后的草木与枯黄，我体内的能量贴着每寸肌肤的细胞冒着腾腾的热气，那一刻，心与血液都在升华。

草尖上的露水，晶莹剔透，像珍珠，像亮铮铮的弹子，像小孩童明亮清纯的眼睛，在晨风里跳跃，翻滚。

太阳出来了，那些露珠如精灵，调皮得更加厉害。有的高高爬上叶尖，有的赖在叶的半腰不肯落下，有的，嗖的一声滑落底部，机灵地一个打滚就不见了。

每一次经过，我都会停下快速的脚步，静心观赏那些事物。那时，每一粒露水都是透明的，每一处植物都带着香气，每一束阳光都带着温暖与岁月的寄托，你要坚强。

朋友寄了自家种的苹果来，打开箱子的那一刻，说实话，当时我有点失望，颜色和外观都不如我想象的那么美好，以至于放在那里很多天没有动它。

忽一日打开冰箱，有果香隐隐地窜进鼻孔，那时，忽然就有了想吃它的欲望。刚试着咬了一小口，那清脆香甜的味道咕隆一下滑进了喉咙。那一刻，我才相信她说的话"好看的外表千篇一律，好吃的内瓤万里挑一。愿意接受你外表的瑕疵，只因懂得你内心的美好"。

这个冬日，我将苹果切成薄片打成果汁，而后再用温锅加热，这时，果香更加浓烈，更加香纯味净。那时，我仿佛看见满园的果子挂在沉甸甸的枝头，正盛放着阳光的温暖，向我一路走来。

今年的冬天仿佛比去年更加寒冷，冷空气时不时总喜欢偷袭颈部。

去衣店，买了红红的大衣，大红的色彩温暖了整个视线，那颜色让人心动极了。过了任性的年龄，不再只是贪恋黑色、灰色。红色就成了我心里的阳光，给人一种温暖。

有时候想，生活就是生活，没有什么过不去的坎。孤独也好，喧哗也罢，都得自己做好自己，自己疼爱自己。向着阳光一路走去，无关谁懂与不懂，爱与不爱，孤单地热恋着，生活也是美好。

朱成玉老师说："世界以痛吻我，我要回报以歌，回报以酒，回报以更为灿烂的一张笑脸。"

越枯萎，越美丽

去嘉陵江边的时候，时间有点晚，太阳已经快接近地平线了。但我依旧在这个冬天，为白昼最后一丝光芒深深地眷念。

我知道这是冬日，不比春夏秋，白和夜分担的时间很是不公，尽管我不喜冬，但还是深深地谴责这仓促的光阴，且不止一次抱不平。

来的路上，我先去山顶，看了落叶，走了羊肠小道，赏了草花野菊。

对一个心情堵塞的人来说，这已经是最好的一次精神出轨了，也是一场心灵最舒适的清洗。

日落安排在最后一程，我不后悔这样的决定。总归，我所遇见的，所怀想的，所惦记的，都是我一路走来最值得回念的往事。即便是有些风景转眼沉寂，再也不见，也无所谓得到与失去。一如这个冬天，我沿途所遇见的花草植物，越是枯萎，越是美丽。

提到枯萎，一到冬天，我就特别眷顾那些被风霜打压的植物。

记得前年冬天飘雪的时候，我一个人，在午后的一场小雪里一口气奔上山顶，那时心情有多热烈，有多固执，全然不顾寒冷。大概是老天眷顾我这南国女子，下了那么一场稀有之物。

那时，雪花小得可怜，整个山上万籁俱寂，除了我本人，只有枯枝落叶偶尔摇晃的身影。哦，对了，我记得还有风声，呼呼地拥吻着我，一次又一次，既温柔又爆裂。

那些枯萎呀！那时真的美得震撼人心。小雪花落在枝干上，叶片上，一片紧跟一片重叠，不久，一堆一堆的小白点就布满在枯萎之上，任霜风摧毁，又叠上，那场面多么执拗呀！

那时，我确信，像我的性格，固执得没有一点商量的余地，既倔强又深情。

枯萎，那些即将失去全部水分的枝干，老成了庄严的植物，老成了一道道惊心的风景，老成了沧海桑田。而它们依旧挺立在那里，任凭风雨袭击，惊扰，磨损。

我被这样的场面深深触动，就像我们每个人，有一天，终究会老去。

其实，每个人都害怕衰老，害怕生命的尽头即将枯萎，害怕最后的夕阳下去，看不到明天升起的太阳。其实，有限的生命并不可怕，可怕的是我们在有条件的机会里，没有把握好光阴，没有珍惜身边所拥有的机缘。

孤寂的山顶，一个人足够承担起这些美丽。是的，一个人足够，人杂了反而拥挤。那些凛冽，那些消融，还有一些思念的弧度，不厚不薄，恰恰好，填满一个人恐慌的心底。

那时，世间安静了，一切静止了，任何有干扰的东西都成就不了累赘。时间在手心成了定心丸，轻轻一捏，想起了谁？谁又想起了你？谁，又是你心里最心疼的牵牵念念？这些，那些，都在枯寂里寻寻觅觅，兜兜转转。

枯萎，有时跟生命力无关。人生一路风景，只要心存善念和感情，即便是枯死老去，也是一场惊心的美丽。

人，亦或花草植物，凡是生命里存在的东西，都逃不脱枯死这个劫数。所以，生活不必计较太多。谁错了，谁对了，谁赢了，谁输了，都不重要。重要的，我们只要活成自己的风景，不辜负，不埋怨，且足够。

枯萎，成就了我一意孤行的勇气。行走里，哪管繁华和衰败，哪管孤寂和喧嚣，天地间，我依旧深情不悔。

这样的日程多好，多厚实。

那时，我念着，想着。只顾着贪恋这些枯萎的美丽，全然忘记了那些心疼是什么滋味。

冬雨

接连的几天雨水，洗净了秋走后遗留的痕迹。

冷风吹过一程，又吹过一程，还是不能尽兴，索性漫卷一地的落叶，那嚣张的姿势仿佛是要告诉我们，秋，已经走了，这该是冬的节气了。

这场雨冷冷地落下，落在了街道，落在了屋檐，落在了孤零零的枝头，落在了一个人的心里。

初冬的老街，寂静而清冷，偶尔有冷风卷着雨丝灌进脖子，嗖嗖地令人打了一个寒颤。我还是不能习惯冬的到来，就像这场雨，没完没了地纠缠，从早到晚，再从晚到早，一丝丝地飘，一根根地落，优雅得令人浑身不舒适。

忽而，我特讨厌这优雅的姿势。大致我不喜欢的东西（包括物件和人）再怎么装腔作势，都不能讨我欢心。

到底是冬雨，有点轻狂，但我还是不露痕迹地接纳，尽管我不喜欢。任由它们轻吻我的发梢，我的睫毛，再一次一次地遍及体肤。

雨水惊人地冷，身体也更加冷，我仿佛麻木了这冷意的贯穿。我的目光是痴呆的，我努力地将视线调节到最明亮处，搜索这雨雾中仅仅可以用肉眼看到的物体。

冬，总归是令人迷茫的。依稀的水雾中一片苍茫，一片落寂。

偶尔，有几片树叶飞过头顶，那沙沙的声音也低调得令人吝惜。一滴水珠滑落，很快，又一滴水珠紧跟着滑落，一滴接着一滴，清脆地跌落在坚硬的地面，那声音我能清楚地听到，甚至还有破裂的噪音渗入，声声决绝，直叫人心寒颤。

这场寒气，预示着秋天完完全全地离去，也预告着冬天的剧情即将上演。

站在我的南方小城，我的目光一直在搜寻秋天的尽头，它总归会给我遗留一些什么。然后，目及之处，城市的上空依旧漂浮着动荡不堪的凌乱，我依然寻觅不到我想要的那一方静心的尘土。

过往，依然是过往。走了的，留下的，深刻的，模糊的，我喜欢的，不喜欢的。我在心底默默地一边清理，一边梳洗。一边回忆，再一边想念。

冬雨，淅淅沥沥。湿透了人心，也淋湿了往事。

这个初冬，这场雨。我像一个孤独的幽魂，在雨雾中跟这个季节抗衡。站在空旷的天空下，我想出逃，想潜藏，更想逃离这个冬天。然而，终没有勇气迈动脚步。

雨丝还是一层赛过一层，密密麻麻，灰灰蒙蒙。迷茫间，我忽而想到另外一个城市的天空是否也下着同样的冬雨，是否也这样清冷绵长，是否也像我一样念想着，记挂着。

秋去得突然，冬来得突然。在我没有防范的情况下，遭受了这场冬雨的袭击。我开始畏惧这冬天了，不知道该用怎样的姿态来接纳这个严寒的季节。

但我还是抱着一丝侥幸，总相信，冬天很快就会过去，那时，春天就不远了，不是吗？

一个人，一座城

初冬了，冷意一层一层地聚拢。

我的小城，除了霜风加重，落叶繁多，便是一片寂静的清冷。至少我的心也是。

我喜欢这样的场景，这样的气氛。一个人带着耳机闲逛，一个人看落叶翻飞，还是一个人，站在小城最高的山顶，仰着头，寂静地眺望远方的另一座城。

那时，天空是阴沉的，云层堆积成小山，随时准备狠狠地砸向地面，给这个季节上演一场冬天的剧情。

周围很静，静得只有风伴着落叶的声响。我喜欢就这样被风吹着，一丝一丝地缠绕，浸入到血液里，再从我的一条血管流进另一条血管，舒缓而从容地清扫我体内的残留。

是的，就是一丝一丝，一缕太多，太拥挤，我讨厌喧哗繁杂的场面。

那风声是惊心的，有着层层的撞击。而后，是被击中后的欢喜与沉淀。

闭上双眼，我能想象得出一场冬的浩劫即将迎面扑来。露珠，霜花，枯枝残叶。哦，还有冬天的雪花，飘飘然然，纷纷扬扬……雪花多美呀！可惜我的小城多年与雪事无缘。即便是偶尔光临一下，也是匆匆来，匆匆去，遗落一地的光年旧事，让人牵念不已。

我是俗人，总是念旧，且有一颗多愁善感的心。见不得萧瑟荒凉的景象，听不得矫情感伤的曲调。

如果能静下心聆听，想必定是迎合了某种故事的程序，才能让我持续在一首音乐里沉陷不已。就像此时，耳机里陡然窜出一首喜欢到极致的英文歌《Was It Love》。这曲调足够牵扯起心事向外拥挤。

南方的小城，是不缺乏花事上演的。

这个季节，我最喜开在路旁的小菊花了，遇见时，像邂逅了一位久违的故人，甚是欢心。

即使冬天到了，那些叶子还是深绿。菊花们一朵紧挨着一朵，紫色，黄色，白色各不相让，一朵比一朵开得惊心，像是在给这个小城的冬天示威。初遇，有一种清绝的美丽，不可轻视呀！

我是在乎这些小精灵的，就像在乎一个人，恋极了那些陈年旧事，风花物景。这场面，在初冬来临的日子里，有温婉深厚的情意，甚至在你体内的每个细胞里，都觉得是一件十分舒心的事。

一个人游走，只为遇见沿途的风景。入眼的和不入眼的，都不重要，重要的，是自己装有一颗坦诚淡然的心。

一路上看着这些花草植物，想着一场场花事，便觉得自己也是其中的一株。即便是霜寒来临，也要努力地绽放。哪怕最后的结果依旧是凋零，依然也要丰盈自己孤独的内心。

习惯了寂静的世界，更多的时候，把自己置身于一处孤独的环境。一个人，一座城。看风景盛世，看落叶飞舞，闲暇写字，想念的时候发呆，那人便住进心里。

顾城说："草在结它的种子，风在摇它的叶子。我们站着，不说话，就十分美好。"

我写下：草在冬的叶尖唱着春天的歌，花在枝头，绽放着她的美。而我，在等待一场雪花圆一场梦。尽管我挡不住霜寒的袭击，因为有梦，有希望，有你……我依旧要深情地活着。

时光如水

秋快尽了吗？

忽而翻看日历，秋真的要走了。

我看着立冬的日子将近，心里仿佛有一股寒气窜入，后背凉飕飕的。时间的仓促让我有点担心。我担心什么？担心秋末的花事凋零得更快？担心落叶没地方停歇？或是担心风霜来的瞬间它们找不到地方躲避？

这个夜，我又多愁善感了，我总是担心别的。担心自己做的不够好，担心自己直来直去的性格得罪人，担心我担心的人是否安好如初？还好，我总算是一个不计较的女子，想归想，念归念，忘归忘。

带着寒气的风从窗缝偷偷地溜了进来，我轻视它们的打扰，有点不能接受。

台灯上的闹钟嘀嗒嘀嗒地转动不停，像一只小蚂蚁爬上爬下，故意干扰这夜晚的安宁。南方，我的小城，这样的夜是静的。其实，我喜欢这样的夜，寂静得连呼吸声都带着一丝丝灵动的气息。我知道，那是我的灵魂想蹦出来游走。此刻，我能触摸到空气里散发出来的气味，是诱心的，是时光器里偷偷溜出来一层层柔软的薄棉，安抚我内心的不安宁。

窗台上的风，时不时碰响已生锈的护栏，断断续续。我在台灯下翻书，一页一页，漫不经心地翻着，偶尔，心思也会出轨，不全在书的内容里。微暖的灯光落在薄薄的书页上，散发出淡淡的书香气息，那气氛多半有些迷离。那时，一半微醉，一半迷糊，眼睛在书页上穿行，心思却已经抛锚。

秋末的夜，寂静得心跳，只有翻动书页的声音还能打破这层清冷。时光就这样随意地流淌，缓慢中，纸上的字符也跟着迷茫的眼神迷糊，半浅半薄，甚是微醉。

偶尔，也还能听到窗外不远处有低低的琴音传来，或许，那是谁家女子或男子也和我一样不能深入梦境。

琴声忽低忽高，忽远忽近，有惆怅的心思夹杂在里面。是秋愁吗？我感觉应该是，因为我听得出那是一首纯音乐《秋窗风雨夕》。这样的音符，这样的夜，听来有凄凄之美，沾着树叶儿坠落的声音，还有风，还有雨，应该还有风霜吧。细听，是离愁，也是眷恋，还有一层理不清的情感。我听着听着，仿若就进入了那样的梦境。一片叶儿落下，再一片叶儿落下，滑过我的头顶，我的手心，再慢慢跌落地面和泥土相拥。

秋，总归是要去了，我没有什么遗憾。

我唯一不能忍受的是，时光如水，光阴如梦，人生就这样短暂。我自责自己，也责怪时间决绝。回首走过的日程，还有多少时间让我们浪费，还有多少时间等待我们去珍惜，还有什么理由不去珍爱自己。

这样的夜，我不记得什么时候心境这样清醒过了。那些风声，雨声，琴声，我惊讶自己还能如此明了，还能在冬来临的时候如此不畏惧。淡了，终归是淡了。又如那些风声雨声依次跌入心里，如陈年旧事，不悲不喜，不浮，不燥。

我想起以前的文字，经常有朋友说，很多时候有凉透心的感觉。相比以前，那时是不成熟吧。那时，心的承受力小，只因为自己跟自己过不去，所以就累了自己，多了纠缠。

而今年华去也，很多东西再也不那么重要了。人生，本就是一场艰辛的旅程，无论辛苦与否，都要陆续走过。其实，时光是美好的，只是我们领悟的太少，要求的太多，一路磕磕碰碰，到最后免不了伤痕累累，疲惫缠身。

窗外，风，又在干扰寂静。我不再烦躁，也不再纠结，该来的且来，该去的且去。

今夜，我心若明镜，不再茫然若失。虽秋天即将从我不舍的视线里离去，但我不再像以往那样悲秋了。

其实，生活还是待我们不薄。如水的时光里，还能遇见那么多的美好，我们应该感谢光阴的仁慈，尽管时光走得最急，我也愿意在某个清闲的日子里，慢慢重温走过日程。那时，有回忆，有故事，有梦陪着，多好呀！

孤独是一个人的清欢

这个午夜，我又开始写字。

很久没有在深夜动笔的习惯，不知道从哪一天起，我厌倦了那种在夜深爬格子的生活方式。也许随着年龄的增长，再或许是生活的累积，就在心底生发了一种厌倦的心情。

一日午间，有朋友发来信息。她说，很久没有看到我写散文形式的文章了。她说，她特迷恋我文字里那股女人味的气息，情意绵绵，让人读了就有一种情感不由自主在体内延伸的感叹。

那时，我有点惊喜，有点自责自己对文字、对生活的怠慢。

是的，很多日不动心思写字了，有时仅仅因为一时兴起写了几首不像样的诗文打发时间。再说，对那些情意绵绵的文字失去了原有的那份兴趣。

闲暇时，更多的时候我喜欢独处。一个人出走，一个人看花吹风，一个人在雨水泛滥的季节听雨轻落。还是一个人在秋天的原野看草木枯萎，落叶纷飞。那时我只觉得，独处就是一个人的清欢。

一个人，如若独处时心里只装着千山万水，那是多好的一场盛宴呀！如若心里再装着另外一个人，那么，是不是所有的风景都会因此而更加有声有色。

独处和孤独有相近的意思，但是，我不否认我恋上孤独。我觉得孤独在我眼里是一个大词，一个人没有经历过独处和孤独，始终觉得他们的内心世界不够完善。

不久前，我在签名栏里写下这样一段文字：

"一个人独处时，那不叫孤独，那叫享受。只有内心积满抱怨，生活缺乏激情，人生没有目标的人，对孤独二字才抱有偏见的看法。一个人，能在低处的环境里享受生活，那是一种对生活的慈悲，对自己的眷顾。很多时候，一个人独处时，用明亮的眼睛看世界，那将会看得更深远，更透彻，更能让自己的心远离尘世的枯燥和喧嚣。其实，孤独就是自身的一种本意，也是一种与世隔绝的美丽。"

不是吗？你所有生活里走过的一切，都会经历一些不同方式的哀凉与悲苦，但如果你能在一个脱离喧哗的尘世里，用心去感受孤独带给你不一样的美好，那将会是你人生中新的一次历练与成熟。

我喜欢周国平说的一句话："孤独是人的宿命，爱和友谊不能把它根除，但可以将它抚慰。"

还喜欢菲力蒲·西登尼的一句话："孤独与高贵的思想为伍的人，是决不会孤独的。"

其实，孤独也是一场人生的狂欢，它与盛宴紧密相连。你若读懂了孤独，明白其中的道理，自然而然就会对生活，对人生，也对自己多一份爱意与理解。

刘同说："孤独时就是自己成为自己的另一个世界，就是自己与自己对话。"

我说："孤独的时候就是自己让自己成为这个世间的另一道风景。如有人欣赏，那是知己，如没人理解，那是你我之间隔着距离。"

孤独是什么？是一种自身的体能，是一种潜藏在骨子里的寂静和冷凉。是一种别人看不透的自我保护意识，带着高冷的气场，充满了神秘与安静。

喜欢孤独的人不再年少轻狂，即便有时候血液还潜藏着不安分的情绪，那也是一种寂静的气息。不张扬，不流露，但心思还是足够热烈。如若真有人愿意去了解，那情怀温婉得足以让一头猛兽平息。

这个世间，我相信每一场独处的背后，都是一次对生活的体验及回味。

我恋上这份孤独，就像我恋上一个人的气息。每当在深寂的夜晚，回想起那些走过的日子，我当那是上苍早已安排好的相遇。

所有的遇见都是久别的重逢

一直叨念着要远行一次，一个人的旅程，只一个人，带上我全部的感情，去到不同的城市，去做该做的事，去见该见的人，坐上一列火车一直北上。那样，所谓的远方就住进心里了。

遇见另一个自己

九月下旬，我又让自己任性了一回。

这个秋天，好像一直在等待一场说走就走的旅程，但最终缺乏勇气，只是小走了一回。

当北上的火车启动的那一刻，我的心是安静的，安静得如车窗外那些模糊飘过的影子，偶尔生出一点点小欣喜，而后，一切归为平淡。

曾在车上遇见一位正在看书的女子，那女人有着极浓的书香气息，一身素装优雅精致，很有情调，是我喜欢的那种模样。期间聊起旅行，她说她也特别喜欢一个人远行，一个人的时候，无所顾虑，无拘无束，多好。

仅凭这一点我们确定我们是同类。一路上聊到了生活、喜好、性格。原来，我们都是感性的女子，有着相同的信念，相同的梦。

她说，感性的人总是容易冲动，想到什么事就会毫无顾虑地去做，想方设法去完成，但缺乏耐心。不像理性的人，瞻前顾后，总要经过深思熟虑以后再做决定。我对她的话深信不疑，这一点算是说到了我的心坎上。

其实，那时节去北方看秋色似乎早了一点。但我只是想单纯地出去走走，我只是想突然抵达我想要去的地方，仅此而已。

其实，我最想要去的时候应该是在秋末，满处可见都是黄土的风情，北国的秋色，还有北风呼呼地吹，那种心跳，那种凛冽，那种物以类聚的格调和情怀，令我想入非非。再就是北方的冬天，我向往漫天飞雪的原野上，两个人疯狂地追逐着雪花奔跑，跑着跑着就白了头，跑着跑着……就跑进了来生，多好呀！

记得确定下来的那个早上，刚从床上醒来，突然就有一种想出走的冲动。

我在微信里发了信息给远在西安的惠："亲爱的，我们一起出去走走，一起去散散心吧。"

马上就收到她的消息："可以，可以，你来吧！我去车站接你。"迫不及待的声音越发加重了我冲动的心情。上午去车站预定下铺，下午五点多的火车，安排好孩子们去妈妈家待几天，却为自己的冲动有点自责，又要辛苦妈妈几天了。

夜晚，只有火车使劲奔跑的声音。是的，就是奔跑，给人的感觉就是慢，像木心的诗句——"从前慢。车，马，邮件都慢，慢到，一生只够爱一个人。"

躺在铺上的那一刻，我迷迷糊糊，感觉一个人穿越夜色，穿越秦岭，穿越从前的慢，被哐当哐当的声音带去了很远很远的地方，去见梦里那个该遇见的人。

"北方"这个名字，那一刻，成了我心心盼盼的归宿地。

那一刻，我穿越千山万水，只为途中与你相见。

那一刻，我目视窗外一闪而过的白桦林，而我，过早地爱上了那份白桦林秋来的沉淀。

遇见白鹿仓

凌晨一点，火车终于在北站停歇。

惠和她老公——早已在站外等候多时。北方的秋天到底比不得南方，夜晚的层层凉气足以让身体寒颤不已，我为这么晚的到来，让他们受罪感到内疚。

到达惠预定好的酒店，洗漱完毕后已经是晚上两点多了，还是第一次来西安时住的这家酒店——忆江南。所有的一切似乎都有着熟悉的味道，久别相逢甚是欣喜。

第二天稍稍起得晚一点，惠和她的朋友，我们一行三人去了西安闻名的白鹿仓。早在陈忠实先生《白鹿原》的描写里就特熟悉这个地名，而今我所看到的白鹿仓远没有书里撰写的那份意境。虽远离了故事里的本意，但也不失繁华和喧嚣的气息。

所有的建筑均是仿造，但不失原有旧时的风味。街道两侧全是色香味俱、五花八门的小吃，什么酸的、甜的、苦的、辣的各显本色，风味俱佳。我不是吃货，对于吃的东西比较随性，惠和朋友亦是。中午吃饭挑了几个门店，都不怎么如意，到底是喧嚣的场合不适合我们那时的心情。

倒是有着浓浓古味的民国老街还适合我们逗留几许。我特喜欢那仿古的绿皮火车，有着回到民国的味道，随着车身的缓缓移动，我似乎听见三十年代那哐当哐当的车轮声碾压而过。

行至一处墙壁前，惠久久不愿离去，像迷失在那片墙上刻画的迷城里。

我也特喜欢墙壁上那层迷幻的意境，《迷城，民国往事》，多迷离的字眼，像似硬生生定格了人的灵性，有一种穿越的意识在血液里潜伏。

"寂寞，偷偷地向午夜的列车出发。爱，是孤单车厢里唯一的乘客。"念着这几句简单的字符，仿若我的魂正向那一列火车迈近。

原来，爱就一个字，那么轻，却也那么沉重。

心念一座城，只因为心里住着一个人

第二天，惠带我去了渭南。

渭南华阴——我在心底默念很多年的小城，只因为这座城，心里一直住着一个人。

雨是我相识五年多的朋友，有着很深的缘分，但从来没有见过面。当我们坐在开往渭南的车上，电话通知她时，她惊喜的声音我能感觉得到她在激动。

我们还是坐的绿皮火车，我喜欢这种慢节奏前行的方式。慢多好，不急，不燥，不匆忙赶赴下一程。沿途的车窗外，一程风景碾过下一程风景，黄土风味的气息就在我身边不断地缠绕。

一闪而过的风景在窗外蔓延又蔓延，我终于领略到黄土地上那一层层无限绵延的风情有多迷人。我是南方女子，固然对北方的风情有着不同程度的迷恋，那时，我能倾听到那些黄土所散发的气息在潜入我的体内。

缓缓的列车，终于载着我们到达了想念的这座城市。

雨，一个心仪很久的女子，已经等待多时。见到我和惠玲的那一刻，随意地伸出双手相拥，像许久不见的故人，如久别重逢，那画面甚是温情。

遇见，有很多种想象，原来是那般随意。不竟然，就走进彼此心里。你在说，我在听，这种相逢，所有的喜悦都融合了默契。

午间，雨领我们去了华阴比较有名的一家饭庄。干锅素味虾，味道和我们南方小城差不多，饭庄整饬得很有情调。只是那时，我品尝的不只是菜香味，还有我们之间那份久存的情谊。

饭后，租车去了华山脚下。一直在心底慕名很久了，那天终于远远地目睹了他宏伟的风采。

由于时间的关系，我们并没有上得山去，只是在山下玉泉寺游走了一圈。玉泉寺内，有流水涌泉，古木参天，苍郁肃穆，素有"小故宫"之称，被誉为"五岳第一庙"。

"玉泉寺位于华山脚下，在华阴市玉泉路最南端，是华山道教活动的主要场所，也是游客从华山峪游览华山的必经之地。传说玉泉院是五代时陈抟老祖所建。玉泉院为园林建筑，背依华山，四周古木参天，院内有一泉，泉水甘甜清冽。相传唐朝金仙公主在山上镇岳宫玉井中汲水洗头，不慎将玉簪掉入水中。返回玉泉院后，用泉水洗手时无意中找到了玉簪，方知此泉与玉井相通，于是赐名此泉为玉泉。"

只恨相逢太短，回转的路太长，我心念的这座小城终在依依不舍的目光里离开。

北方以北

一座城通往另一座城

我去白鹿原，去渭南华阴

去古城之上，唯独

还没有到达，我想要去的黄土风情

其实，无论去到何处

我只想放养自己一次，给心一次机会

哪怕，不入眼，不入心

哪怕，风随了草木跟枯萎离去

哪怕，这个城市变得即将陌生

我只想与季节，与光阴

与你，留下一次共同的痕迹

即便是某一天，时光旧了，情感薄了，故事也泛味了
但这个秋天，足以成为我们唯一的证明

邂逅千年银杏，终有情怀满

去终南山那天下午，是雨天。

起先我并不知晓惠是带我去看千年银杏树。一路上，我也不问她要带我去何处，我只知道，她要去哪我就去哪。心系一个人时，就是相信她所有的一切，都是真心待你。我知道，她定是要给我一个惊喜，就像带我去白鹿仓，去渭南华阴，都不会预先告知我。

赵哥开着车平稳地在路上行驶，我只顾看着车窗外纷飞的雨丝下滑在玻璃上，一滴紧跟着一滴，内心甚是潮湿。

当我透过明晃晃的玻璃窗，看见远处有雾气缠绕的山峦时，那一刻，我被眼前仙境似的景象所感动。得知是终南山，我能感觉得到我心跳的气息在加速。

雨兮兮，风微动，似有冷气入浸肌肤。而我依旧一往情深地前行。

走进古观音禅寺，我颤动的心立马变得平静起来。越过一道道充满禅意的寺门，仿佛我血管里流淌的血液都变得寂静。雨水一滴接着一滴，只有清脆的嘀嗒声在寺院的四角响起。至今我回想起来，仍感觉有禅意附身。

千年银杏树就在寺院最上方的那个院内，周围建起了围栏。千年，当然就是神树了，岂由凡夫俗子任意触摸。在我眼里她就神树，且有剪不断的渊源，在我梦里一直出现。

在我第一眼仰视她时，我就知道这不是梦了，是真真实实地站在这座充满神秘的院落，目睹她千年来的风采。

我虔诚地站在那里，内心所有的情怀都一点一点聚集。然而，我并

没有许下我心里的愿望，我相信，她一定知晓我的心愿，即便是我没有说出。

那个时候，雨水下得越发缠绵，只有湿润的声音，如同梦在耳边，心里也是如此。

我甚至怀疑自己真的走进了一场梦里，繁盛的枝叶，绿影浮动，似有深深的眷顾，仿若只有梦里才可以邂逅呀！是的，只有在梦里。

细雨纷飞，邂逅千年银杏。前生今世，今世前生，都在这一瞬间遇见……

半城秋水

一场雨后，我的小城温度终于有所缓解。而我，正式地向秋天示好。

秋后温度高飘的那些时日里，我差点对这个季节失去了耐心。还好，一场秋水的降落，我终于又可以缓一口气。

我了解自己的缺点，心最软。无论开始怎么憎恨秋老虎的残忍，但只要气温稍稍地有那么一些柔软，心立马就活了过来。我知道自己是最爱秋的，是的，也只有这个季节才可以让我倾尽全部的感情，且毫无保留地奉献，就像爱一个人。

所以，一到秋天，那相思病根就没完没了地纠缠着我。

接连几天的雨水，让心思结成了蜘蛛网，既粘稠，又潮湿，且又深深地，不计其后果地沦陷。

听雨落，是在午后。嘀嗒嘀嗒的雨声，在玻璃窗外不断地诱惑着我。终于，我没能把控自己，取来一把伞向雨中急奔而去。

那时，所有的雨水，像断了线的小碎珠，晶莹晶莹，纷纷从阴沉的云端直滚而下，铺天盖地跌落于树枝，草丛，篱笆。而后，再从伞的顶部滑下。再而后，浸湿我的衣襟发梢。而我，全然不顾，依旧一往深情地奔走。

路过老街，石梯，旧了的老屋，还有寂寂的小巷，雨声滴滴，似接近苍老的味道，又似某种情感的参合，直窜人心的底部。

细听，还夹杂着惆怅，叹息，眷恋。若有若无，断断续续，像一个小女人柔软的声息，在这场秋水里一一呈现。

是因为秋天的迟到吗？还是因为雨水的迟缓？还是一些不明就里的情感？再或是，因了某个人？

雨声清脆，让人心生缱绻，一滴一滴，像似滴落在心里。凉，少有的凉意，但这份凉却舒缓得恰到好处，将心思、心事全都淋漓透彻。

> 缱绻得好像一碗水
>
> 就其中千般滋味
>
> 不问你是谁只是沉醉
>
> 烫干眼角所有滑过的泪……

这是李娜演唱的《上善若水》里面的一段歌词，这曲调听着忧心，但此时听来却有另一番味道。缠绵，深情，且眷恋不已。

秋天的雨，是成熟的，丰盈的，饱满的。不似春雨多情，夏雨热烈，冬雨颤心。因而，我喜秋，爱秋，尤其是秋水泛滥的季节，那心思就涨潮了。

其实，雨还是那雨，水也还是那水。只是听雨的心情不同，心境自然而然也不同了。这样的雨里，听得人心柔软，情思外泄，外加一半清愁，一半相思。不深不浅，不浓不淡，就这么彻底地缠绵。

秋水声声，情怀缱绻。我的小城因了这雨的湿润，一切都变得格外清晰。包括空气，包括人心，包括所有的花草植物。

忽而，就这么觉得心境淡了，看什么都是那么有声有色。此时，所谓的繁华和喧嚣，名利与钱财只不过是一纸烟云。若此半生能有一人相陪，看云起云落，看雨水漫天，再看秋叶旋飞，多好。这样想的时候，对面梧桐树上的叶子正顺着一阵风过，一片一片地往下掉。

那些单薄的叶儿纷纷飞落，有微黄的，有黄得发亮的，也有枯死的，这情景真的有秋天的味道了。哦，不，比秋色更浓，比收获更丰富，像我此时的心，内心所散发出的全部情感，正一层一层地向着秋天深处蔓延。

秋天的花事

光阴，把每一程日子都标注上一些记号，或多或少，或淡或浓。

而总有一些记号在每一个游动的细胞里，深浅不一地掩藏着，搁浅着。且时不时冒出来触碰我们的身体，侵犯我们的大脑，直到深陷不已……

至立秋以后，我一直在牵挂着一件事，选一个恰当的时间去看看紫薇花开。

是的，要恰当，要刚刚好，要一见倾心，要像初见时的心动。最好不要撞见凋零，或者陨落。我怕撞见最糟糕的场面，我怕呀，因为我生性柔软，生性善良，生性是个内心不坚强的女子，见不得一地的腥红，像血流不止。

若真遇见，那时，心，真的会深深的疼呀！真的会，我确信。

或好，终是了却我的心愿，终没有撞见目不忍睹的场面。尽管夏天的薄情让她们开得稀少，开得七零八落，但还是不能打击我对这场花事的情之深浓。

我的小城，喧嚣的气流终于有所缓解，气温从三十七八度直接下降了十度，这温度刚刚好，不冷不热，还有丝丝雨丝伴着。

昨天的一场雨，是秋来的第一场，我感激那一场雨的到来，让我这颗枯闷的心终于有了生机的气息。

微风，细雨，柳条，花事，在这样的环境中，我深深沦陷，且脚步匆匆地赶往山头。

花事，花事多好呀！一想到花事，小心思就七上八下乱窜。

龙角山上，一树一树的紫薇花，粉红的，白色的，紫色的都在一场雨里努力地绽放着，尽管开得不是很多，但总是这个日渐枯萎的季节里，最明艳的一道风景了。

雨水一丝一丝，落在发梢，落在枝头，落在紫薇花蕊里，像小珍珠一样，嗖地一下又滚落草丛。那速度像弹跳，飞快，先是一滴，接着又一滴，紧接着，像一首多情的音符，嘀嗒嘀嗒，纷纷从花事里奔跳出来，钻进耳朵，听得心一惊一喜。

夏已离去，秋正缓缓走来。

紫薇，这个介于夏和秋之间的花朵，像一位风情的女子，有着妖娆的柔情，一念起，就情不由衷。

此刻，雨水，花朵，清风，我的心柔情得要命。我似乎听见有风从远方吹来，像一个人的声音掺和着水分，一起温柔着心。

生活里，最让人不能自控的就是感情了。相念时，一个字，一句话，一个表情，都相牵着彼此的心，那情感像雨丝，像花事缠绵，每一层都裹着柔软。

那一会，所有的紫薇花在我眼里都美得出奇。我站在花树下，有雨水滴落衣襟、额头，那些都全然不顾，我呆痴痴地摆弄着一个个镜头，没玩没了地与她们纠缠。

很想摘一朵带回，但在我伸手的那一刻，我终于没能狠下心来。

我要把这秋天的花事珍藏，在一节节枝干上，一朵朵花蕊里。不言，不念，只装进心里。

世间里，总有一些人，一些事会让你不顾一切去喜欢，去爱。没有理由，只是喜欢，只是远远地看着，只是把所有的情感掩藏于心里。只因为有情，所以便不计较后果和得失。

初秋，风还在继续吹，雨还在继续落。

紫薇，也还在继续努力绽开。那些盛放的，凋零的，都一一全部收藏。

而我，依然在这场花事之中继续翘首，等待……

我看见月光落在花朵上

八月，温度依旧喧嚣，我所在的小城依旧摆脱不了烈日地熏烤。

七月，就那样决绝地远离，没有留下多少遗憾，也没有多少纠结，而唯一让我惦念的是我的诗集《白月光的孤独》即将诞生。那些有欢喜，有惆怅，有念想的日子里，我的心是饱满的，丰盈的，甚至是厚实的。

因为有寄托，有怀念，有牵挂，所有的日子都过得充实，即便是有不如意的时候，心，也是淡淡的感觉，一晃而过，不会搁置心底。

月初，满城的尘烟和高温依然让我畏惧，挂在枝头的花事也畏惧。除了清早和傍晚，去河边或花树下走走，其余的，若没有紧要事，一般都是宅在家里。

一直以来我是喜欢花的，这是唯一的不可更改。我喜花，恋花，爱花，就像爱一个人，无论距离远近，时间，地点，依然深情如斯。

人深情，花也深情。在你看得见的地方，亦或看不见的地方，那些气味，那些模样，那些念念不忘，想起，都让人安心。

七月的时候，我写字很少，看书的时间也很少，只因为心神不安，只因为有心事牵挂，只因为，太多杂事积累，终白白地浪费了很多光阴。

想起秋天就快来了，就在今天明天，小心思就生动起来。秋天多好，那些该到场的、不该到场的都来相逢这一场盛大的约定。

想起，心念间满是欢喜。想起，那些与风花相拥的全部过程。想起，这些，那些。都在我的眼里，你的眼里，成为最美丽、最动人的风景。

月初，我在小歇时写下心情：

"任何有爱的情感，都注入了全部的深情，包括那些任性的小心思。譬如，我对风，对花草，对你的眷恋。初心，从未曾改变……"

曾经，我以为很多事，该说的，和不该说的都应该放在心里，哪怕枯萎，哪怕老死，哪怕最后全都烂在肚里。

而此时，我却愿意不计后果地说出那些不为人知的秘密，只说给你一个人听。只因为，我愿意说，你也应当愿听。

八月，我在期待"白月光"光临，期待月光尽快落在手心，期待那一刻的激动与欢喜。

期待的时候，我的心思就会长出一丛一丛的碧绿，像阳台上的茉莉，鲜活生动。那细细的小枝尖尖上，开满了奇特的小花，奇异的白，奇异的香，奇异得有点忍不住被引诱。

心里有了牵挂，心思就会加厚一层。尤其在深夜之时，在电脑前累了，乏了，偶尔抬头，看着窗外白得偷心的花骨朵，那味道就顺势窜进心里，像被一个熟悉得不能再熟悉的身影偷袭，让你防不胜防。

茉莉，有我去年种的，也有前些日子才种上的。我见不得去年的一盆茉莉孤零零地待在那里，甚是单薄，于是，帮他们配了对。一对多好，一对多有风景，不孤独，不寂寞，花开时争先恐后，花落时有人陪同。

这一夜，星子稀少，偶有云彩飘移，月光姗姗来迟。

窗外，安静得出奇，我似乎听得见自己的呼吸声，一起一伏，很生动。阳台上似有花开的响声，很奇特。那声音有点惊心，像参合着某种不同程度的计谋，恬淡的，缠绵的，揪心的都一起拥挤心头。

那一刻，我听见月光也落了下来，落在绿绿的枝叶上，还有白白的花朵上。

先是一点一点地移动，像一束微软的光，温温柔柔。紧跟着，整个光束加大了力度，转瞬间，全都覆盖在花枝枝上，那些乳白呀！像一层层银色的幔纱，薄薄的，轻轻的，纷纷从夜空的云层里跌落下来。

那一刻，夜色真迷人呀！似穿越，似梦境，似整个心身都在一幕幕迷幻里晃悠，晃悠……

那一刻，我看见那些花朵儿笑了，我也笑了。

那一刻，白月光，伙同他的影子也笑了……

夏末未至

这个酷夏，终于，我又开始动笔。

只是，我不再写矫情的文字，不再写有关风花雪月的往事。

坐在安静的房间里，一切都静得出奇，只有空调呼呼的声音贴近皮肤，有点惊心。我不习惯这种气息，有种缺氧的味道，那气息贴着身体，像顺着我的肌肤钻进血液，沉闷、浮躁，周身都柔软得无力抗击。

这个时候，只有窗台上的几盆茉莉花还依旧开得热烈，我索性打开窗棂将开得最旺的一盆搬了进来。这样寂静的房间里就多了一层解闷的空气。

我特别讨厌夏天，不光是怕蚊虫叮咬，怕嚣张的气流阻止我外出，而是，很多地方的风情我来不及参与，就成就了一场梦的追忆。

透过明亮的玻璃窗，我的眼神是漠不关心的。似乎，这个夏天的喧哗再也与我无关。

炎热的太阳依旧发出强烈的光芒，一瞬间，刺得眼球生痛。我突然觉得，那些年的夏天，那个听见蝉儿鸣叫就欢喜得不得了的日子，那个夏末，那些未曾遗忘的风景，那些陌生的故事，都离我而去。

安静的午后，阳光穿过薄薄的纱窗，有微淡的光影偷偷溜了进来。于是，略昏暗的房间里就蔓延着一层层迷离的光环。

我伸出手指，想抓住一些什么，几个回合里，掌心终是空空如也，什么都没有，什么都留不住。

原来，留不住的不只是光阴，还有时间、空气。而更多的，是我们的心情。

我记得，在朋友圈里看见这样一幅漫画，我不是喜欢那幅画，我只是被图片上的几行小字碰触，很是惊心。

> 七岁的那一年，
>
> 抓住那只蝉，
>
> 以为能抓住夏天

那些年，那些月，那些日子，似乎，我们曾经都有过。可是，那些年去了哪里？那些年原来都离我们好远好远……

是的，人越长大，就越想抓住一些什么。比如，童年，青春；比如，光阴，爱情；比如，未曾完成的心愿。可终究，我们辜负了很多很多。终究是抓不住，终究是远离，即便你用尽全身的力气，也只能留住记忆的影子，空白了一些回忆。

其实，小时候我是不畏惧夏天的。那个时候，无论什么花，什么果实遇见就喜欢得了不得，总感觉夏天里的东西比其他季节的东西香很多倍，尤其雪糕，冰激凌，如若不吃到肚子疼，那就不叫过夏天。

那个时候，只要有蝴蝶和蜻蜓，我都会跟在它们后面追逐好半天，似有不抓住就不罢休的劲头。

那个时候，夏天的蝉也特别多，至少比现在多。当那满树林的蝉叫声响起时，我的小心思就有外出的冲动。

那时，我将蝉的叫声当作世界上最动听的音符。尽管脸被汗水弄得像一个大花猫，尽管很多次少不了挨爸妈的责罚，但依旧很多次中午趁他们睡着的时候，偷偷溜出去和几个最要好的同伴玩得不亦乐乎。

那个时候的童年最是快乐，所以，每年夏天的蝉鸣都会让我想起成方圆那首最难忘的《童年》。

"池塘边的榕树上，知了在声声叫着夏天，操场边的秋千上，只有蝴蝶停在上面……"儿时的夏天里，再怎么酷热的天气你都不会惧怕。因为那时有梦，有秋千，有蝴蝶，有蜻蜓，还有青涩的爱恋。

时隔多年，时间教会我们怎么成长，而光阴，拉长了年少的距离。我们，就这样在时光反反复复的循环里，弄丢了自己，弄丢了很多记忆。

一如那个夏天，那些再也回不去的……

我也终于体会到，为什么那些年的夏天不会让我畏惧。

文字是不老的情人

关于诗歌，关于散文。我的字是青涩的，我一直都是这样认为。

但生活，就是一场艰辛的跋涉，我们在一边行走一边进取的过程中，就要不断给自己增添一些精神上的供养。于是，这些小蝌蚪似的字符就成了人类心灵上不可缺少的主题。

人生的路上，有太多不可实现的梦。于是我们就借助文字的魅力，将生活这个大染缸用各种不同的心情抒发得淋漓尽致。

文字就是一种心情，一种寄托，一种不可言说的情怀，诗歌就更加能接近我们的内心世界。

我们每个人也都有一些理想，一些梦揣在心里。比如，爱一个人，喜欢一朵花，钟情另一种生活。诗歌，就成了我们最抒情的一种表达方式。

诗歌不同于散文和小说。曾记得，现代诗人、文学评论家何其芳曾说："诗是一种最集中地反映社会生活的文学样式，它饱含着丰富的想象和感情，常常以直接抒情的方式来表现，而且在精炼与和谐的程度上，特别是在节奏的鲜明上，它的语言有别于散文的语言。"

最早以前，我对"诗歌"这两个字符是陌生的，甚至弄不懂诗歌的含义是什么。当我有一天看了当代作家冯骥才先生对诗歌的讲述，才略知"诗歌"的意思。他说："一个人平平常常走在路上，就像散文，一个人忽然被推到水里，就成了小说，一个人给大地弹射到月亮里，那是诗歌，一个人被推到水里又被拉上来了，就是戏剧。"

是的，生活里每天有太多剧情化的事物发生，虽然我们主宰不了时光的变迁，光阴的流逝，也预知不了未来，但是，只要我们有一颗不老的诗心，那么生活里所有的一切都将变得更有意义。

生活的忙碌，让时间这个东西变得绝情及刻薄。但我不会因这些而辜负了自己，辜负我对文字的执着，对生活的追求，对人生的向往，也只有这些理由，才足够完完全全表达我对生活的爱。

我曾经在自己的心情里这样写道："文字在我心里，就是不老的情人"。是的，一个人心有所爱，那么，所有的不开心都会慢慢转化为快乐！

我认为一个人一生最好的时光，就是在有生的年华里，走自己喜欢的路，做自己喜欢的事，读自己喜欢的书，看自己喜欢的风景，爱一个正当年华的人。

我自己也这样认为，无论尘世的喧哗有多烦躁，无论时间够用不够用，无论生活的琐事有多么揪心，我都一如既往追求这些小方块字给心灵、给精神带来的快乐和满足。

在生活忙碌过后，在时间允许的情况下，我都喜欢与文字为伍，也尽量让自己过得充实。不管开心与不开心，幸福与不幸福，我觉得那些都不是主要的，主要的是能否驾驭自己的内心，那才是做自己的根本。

文字对我来说，像浩瀚的大海，我只是海水里一滴细小的水珠。

诗歌，更像天上的太阳与月亮，他们一边诱惑我，一边给我想象，再一边给我梦和希望……

故人不相忘，惜君如往常

又是七月。

忽而觉得，光阴就是一个精怪的小偷，一恍惚，一年中一半的时间就这样没了。

"没了"二字敲下时，有点失落，有点心惊，还有那么一点点惆怅。这愁绪就那么放肆地在心房横行霸道，一丁点儿情面都不留。

好怀念旧时的日子，那个旧啊，此时成了我心里的心结，理不清，解不开。

旧的多好呀！旧的风景，旧的光阴，旧的人，旧的事。还有旧的爱情。那些旧，念起就心动，心痛，且深深。

七月，无再多的字。指尖僵硬，没有多少灵气。嚣张的气流好像把所有欲念吸干。

于是，躲在房间打理花草，翻老旧的书，听老旧的歌，既熟悉又陌生得心疼。那气氛好像又回到了从前。

"从前"，忽而想起木心的诗句：

> 从前的日子变得慢
>
> 车，马，邮件都慢
>
> 慢得，一生只够爱一个人

念老旧的诗句时，我接到了两个快递员打来的电话。一个广东增城邮寄来的三件荔枝，一个河南永城邮寄来的小纸盒。

天啊！当我在电话听快递员说三件荔枝，我当时就懵了。心里埋怨这冒失鬼想撑死我呀，一件都不得了了，还三件，这么远的路程，坏掉多可惜，心里一个劲地自言自语，不知道怎么办才好。

打开包装，果然，坏掉了一半多，我心痛那些圆鼓鼓的小东西，这么精致的果实，怎么忍心割舍它们的分离。

说实话，我还对这位远方的朋友不怎么熟悉，只知道她喜欢我的文字，甚至是男是女我都不清楚。只是有一天微信里冒出这样一句话：

秋，在吗？我想快递点"雪花"给你，我们当地特产。清甜，解渴，润心哦。

我懵了，回了一句什么"雪花"。她说与苏轼有关，日啖……不辞长作岭南人，事后才知道是荔枝。那就邮寄一点儿"雪花"来吧，就一丁点儿就可以，不要太多，我怕辜负了那些小精灵。

没想到一句玩笑话她就当了真，且还三件。

恼人归恼人，但想到千里之外的这份情意，我的内心就像这荔枝的清香，甜在心里。

原来，有些缘分就是这么可贵。即使不相见，即使不相识，一如此刻，我将这份牵念植入心底，融入在简单的文字里，想彼此读到时，会心一笑，那是长久的欢喜与情深远意。

捧着小小的纸盒时，心里有小小的激动，因为我知道这盒子是有一封信，有两串精致的手链，还有千里之外红袖姐姐深厚的情感。

小心翼翼地打开外面的包装。果然，手链漂亮极了，深红色，配了小巧的蓝蝴蝶，那款式绝对精致。

姐姐说：这是我亲手做的，知道双儿们的生日快到了，没什么拿得出手，就当送与双儿玩吧！那一刻，我没有说太多感谢的话，我怕说出后，就玷污了这份来自远方的情意。

再看那带着古味的信封，不言说，我已经爱上这种表达方式，真的动心。

好久没有收到信了，好久？记不得了，大概一个世纪了吧，是的，就是一个世纪那么长。忽就那么动了心思，有点惆怅。

读着干净的文字，闻着墨香和信笺的味道，我的心仿佛又走回了从前。但是，我们都回不去了，回不去了……

"故人不相忘，惜君如往常"。

这是姐姐信笺里的一句话，我喜欢这句，有入骨的疼和欢喜。

原来，有些事只是隐藏在心里，即便是隔离了光阴，隔离了千山万水，总归阻隔不了回忆的滋生。

一个人闲的时候，就喜欢恋旧，什么都不想做，什么也不想说，发呆的念想，那情景真实得碾过心房，穿过纱窗，再慢慢地拉开距离，向着一座城奔跑……

"那些爱过的痕迹，就是我们生命里最动人的伤，因为爱，所以痛"。

这句话有点过分地直戳心底，我甚至不敢读，这样的句子真的伤人，哪怕只触及一个边，就已经疼得不知所措。

只是你不想看见的，不想碰触的，就那么相遇了。由不得你不去想，由不得你不去念。

于是，我选择了缄默，独自承受。只当你在，我也在，都不说，只应那句"故人不相忘，惜君如往常"。

或许，生活的本意就是一半苍凉，一半幸福；一半欢喜，一半忧伤。如果没有这些经历，人生里的那些路程还有意义可言说？

铺开信笺，我用相机摄下这些深情厚谊。那一瞬，所有的心动，心痛，全部锁定。拍了一张又一张，还是不能满足。

　　我知道自己又犯傻了，倔强得跟自己过不去。摆弄了很多格式，横的，竖的，方的，圆的。非要将这些精致、可人，全部装进框里。

　　我喜欢一切简单的东西，自然，雅致，纯粹的情怀。就像这老旧的信件，干净，素雅，有着不同程度的迷恋。

　　更像一段旧了的感情，不管过去了多少日，多少月，多少年……依旧还是这句：

　　"故人不相忘，惜君如往常"。

第四卷　花香女子

带着花香的女子

夏初的时候，我在给阳台上刚买回的花儿浇水。

绿油油的颜色看得我的眼球都快柔化了，还有那植物的清味，简直骨头都酥得要命。我就是这样一个见不得花草的女子，对待这些植物有一种特别的感情。就像爱一个人，情之浓，爱之深。

所以，在时间允许的情况下，我朋友圈的动态里一般都爱显摆那些花花草草。

有时，我会加上一点小修饰，比如边框，比如颜色，比如再配几句简单的文字。不管是否入心、入味，我都不厌其烦地摆弄它们。自我感觉那是一种良好的心态，一种对生活的不辜负。

静说："我喜欢你拍的这些花花草草，好有灵气，和我小院的花草相比，更有一种优越感，如女子的体香，与生俱来的优雅。"

极暖心的几句话，让我的心瞬间有小小的激动。

静是一个比我更喜花的人儿，她的小院满是花草，青的，红的，白的，蓝的……几百种，不，应该是上千种吧。

我喜极了那些充满灵气的花草，是的，就是灵气。只有具备灵气的东西才能引诱我的视线，才能让我为之留恋。太过张扬低俗的产物只会让我敬而远之。

卢静是川北引荐的。那天快午时了，我收到川北发来的信息，他说有一女子想认识我，约我下午去她的小院喝茶。不一会儿，静打来电话发出邀请，声音很是温婉，那语气有种似曾相识的感觉。

下午我应约去了她家别致的小院——万寿宫。

万寿宫是蓬安周子古镇一处最幽静、最古朴、最具有历史文化底蕴，又处在风景名胜区的一所会馆。此馆始建于明嘉靖年间，背依龙角山，面朝南方，俯瞰嘉陵江。建筑面积应该有 3000 多平方米吧，有正殿，左右庑殿，后殿。门前，竖立高约 7 米的石雕牌坊，上有精雕的盘龙和逼真的人物，栩栩如生。戏台与正殿相对，梁柱上雕龙画凤。这戏台的台口在屋檐之外，采光和布景都是最佳位置。在我的视线里，整个画面充满了浓浓的古朴气息。

我知道自己最喜这样的环境，那一刻，所有的心思都被感染得没心没肺。

见到本人时，不用旁人介绍，我几乎一眼就认定那是我要找的女子。素颜，一脸微笑，面容精致可人，穿着一身素色的民族服装，是棉麻质地，和我喜欢的一样。因为不高不矮，不胖不瘦，那身衣裙再适合不过她了。尤其是梳着两条齐腰的长辫子，活脱脱一个从民国年间走出来的女子。

静说，前两年从北京返回老家，一眼就相中这个院落。之所以选择这里，是因为不想这块幽静之地被埋没和浪费。

静是一个很有才情、很有生活品味的女子。从琴棋书画，到满院花香，我样样都惊叹和惊奇，不全是这样的，我甚至还有一些嫉妒。对，就是嫉妒，嫉妒她浑身上下的书香气息，哦，不只是书香，还有花香。

是的，一个带着花香的女子，怎么抵挡得住"我见犹怜"四个字。

我是一个拒绝喧哗的女子，喜欢独来独往，我行我素。尤其不喜欢人多杂乱的场所，有时候宁可让自己孤独，宁可多一些沉默，也绝不会勉强自己做一些违心的事情。

但静不一样，我喜欢和自己喜欢的人聊一些相同的话题。自结识她以后，我就多了一个去她那里的理由。

同是喜爱花草的人，这些共同的爱好让我们有更多靠近的理由。我喜极了她小院的坛坛罐罐，圆的，扁的，胖的，瘦的，全都是艺术的另类。对的，那些稀奇古怪的物体在我眼里就是另类。旧的旧得刚刚好，不粗俗，不脱节，再搭配上相应的花草，简直就是别样的风景。

她说，闲下来的时间全都在打理这些坛坛罐罐，书法字画。她的生活，不想有太多的喧哗，只想一份安逸，而舒适又宁静的庭院，则是生活的一种闲情逸致，也是对自己的一种心情供养。

初识的那天下午，她带我浏览了她的画室。确切地说，我对画画和书法是外行，但第一眼看见那些带着墨香的字画，就有一种莫名气息贯穿我的体内。我以后也要慢慢地练习字画，我暗暗在心里说。我喜欢这些墨味，喜欢这浓浓的书香味。

小屋有古风味，进去有重回前朝的错觉。墙上配有旧旧的字画，恰好就是这旧，才配这样优雅的庭院。

这样的院落，这样雅致的环境，再配上静这样温婉的女人，那些抒发情感的方式都觉得多余了。一些什么相见如故，一见钟情，大概就是这个样子吧！傻傻的，瞬间就爱上这里的一草一木，一瓦一物，再瞬间就想在这里居住后半辈子。

这念头懵然间在我脑海里跳出，后半辈子？后半辈子不短了哦，如若真的可以，如若真的有这个机遇，那是怎样一种奢侈的生活？

夏初的小院，满是坛坛罐罐。编织的物件，方的木式盒子，吊挂的玻璃瓶，迎风而动的小吊篮，都种满了奇花异草。我这人最大的缺点就是记性不好，老是丢三落四，老是粗心至极。所以，尽管有些花草很熟悉很熟悉，就是叫不上它们的名儿来。

激情之下，不管红色、白色、黄色、绿色……惹眼的，不张扬的，统统于我的镜头之下见证。

事后喝茶，喝白水煮的茶。我对茶这个东西也是外行，喝不出什么味道，也品不出什么高雅。但我就特喜这院落的气氛，这茶水的味道。只因为是静小院的东西，爱屋及乌吧！

一个有香的女子大致就是这些吧！优雅聚一身，书香聚一身。还有花香，即女子是花，花是女子，是与生俱来的内在气质。

一个人的独特，不喜张扬，只喜安静，把诗意和生活结合在一起，既丰富了内心，又提高人的本身素质。

静就是这样的女子，我认定是。

雨水穿透我的记忆

六月十四日，天，阴暗得吓人。我的小城，大雨。

那雨水，下了整整一天。雨一滴紧跟着一滴，落得放肆又缠绵，还心惊。仿佛，所有的心思都想穿越雨季。

这样的日子，最适合听雨，也适合孤独，更适合一个人在雨里游走。

雨水，一场接一场地落下，像滴进血液，冰凉得心惊肉跳。我是喜雨的人，自然不怕那股气息。恋上这种气味已经很多年了，以至于每每下雨都有外出的冲动。而今年这个六月气温有点腻人，粘稠，一直都在二十几度里晃悠，完全消薄了我的意志，引诱着我沉迷。

不想动笔的这些日子，我荒废了很多光阴。我知道那是自己懒散了，过于放纵自己。

有时候想来，这就是一种病，懒病，得约束，得医治。不然，就会放任自己沉沦下去，那怎么得了，怎么得了呀！想想就可怕。

这个季节，雨水多得不得了，没完没了地下，没完没了地落。于是，我的纠结，我的情不自禁，我的胡思乱想就会跑出来纠缠着我不安分的心。

再于是，我强迫自己不外出，强迫自己找一些事做，强迫自己安静下来。比如写一些字，比如听歌，听了一遍又一遍，翻来覆去，听得心思如水……比如看书，翻老旧的书籍，有尘埃的味道，仿佛将自己和生活隔绝，不再牵连。

其实，这也没有什么好纠结的，本来就是雨水泛滥的季节。

我向着窗外自言自语地说，落吧！落得更大更猛烈一些，最好把世间所有的尘埃和不开心的全部都洗刷干净。

阳台上，栀子花开得优雅又饱满，那香味合着潮湿的空气深浓又深浓，我的呼吸变得不再均匀，似中毒一般地贪恋这份情调，抵御我的"胡思乱想"。

千里之外的那个女子，总是喜欢用这句话来攻击我。我特讨厌这四个字，我胡思了吗？我乱想了吗？说这话的时候我有点矫情，有点任性，又有点蛮不讲理。

当然，不是谁的面前我都可以矫情和任性的，除非那个人是和我最亲近的人。

那女子每次都是这样，总能触到我心底最柔弱的部位。尽管她有一句没一句地数落我的任性和刁蛮，但我还是喜欢她的语气，不可抵御。

我想，我是做不到绝情了，即使无数次说，要做一个没心没肺的人，但总归自己还是俗女一个，那些深情如斯始终潜伏在我的骨子里，沦陷又沦陷。

我知道，生活无论怎么过，都需要诗意和远方，那是一种情调，一种对生活的向往，还有对自己的一种约束和承诺。

开始试着写了一些闲言碎语，不想再荒废日程，亏待了自己。闲暇的时光里，有文字这种东西相伴，生活里再多的繁琐也会在这些奢侈的光阴里慢慢减弱。其实，诗情画意的日子还有那么多美好，那么多闲情逸致，那么多的念念不忘。

窗外，雨声一阵紧跟着一阵，气势磅礴，甚是嚣张，像是要把所有的记忆湿透，将六月填满。

"有雨水穿透记忆的过往，落汤的灵魂学会遗忘，有泪珠滑落太阳的脸庞，浅浅的笑靥笑得牵强"。陈瑞的这首《雨水穿透我的记忆》听得人有些心酸。

我是个念旧的人，尤其听不得这样的曲调，偏偏这个雨水泛滥的季节，恰逢了她的这首歌，有点触景生情，有点心慌气短。那声音，那韵律我甚至有些排斥，有些讨厌自己的弱点。

人的一生，总有那么一些事、一些人不停地在你的脑海里回旋。当心思最脆弱时，那记忆就决堤了，不偏不倚恰逢雨季，恰逢不设防的时候，全都跑出来朝你的胸口拥挤，饱满，近乎得膨胀。

陈瑞的歌我听了很多，其实，不是很喜欢，但也说不上讨厌。但雨天里恰好相逢，就多一层接近。初时，有点不愿接受，而后单曲循环，我终于懂了，有些歌是唱给懂的人听，有些歌你不懂，再怎么听也听不出什么韵味。

屋内，歌，还在继续。窗外，雨，还在继续下。满满的潮湿，在雨声里，在心里，不厌其烦地循环……

粽香情

小满一过，五月这个月份也到了月末。

一切有关夏的事物就铺天盖地涌现出来。包括植物，包括空气，包括节气的来临。

友说："夏来了，秋的人也懒散多了，都很少看见你的新文章了，端午节快到来，写一篇小文，拯救我那颗枯燥的心吧。"看见她发来的信息，那一刻，我噗呲一声乐了。

其实，对于节气，我是不怎么热心的，但友的语气有点过于迫切，我自然不能辜负了她的热情。

五月里，日子多阴多雨，心里的小情绪就比以往增厚了几层。加之生活的忙碌，心情的不协调，所以一般外出的时间比较多。

说起端午节，我还真不知道该写一些什么。年复一年，节期一个一个来，又一个一个地走，忽而间，就觉得厌烦了节期，厌烦了季节轮转，厌烦着不再新鲜的事物。

多阴的日子里，我少了外出的冲动，好像整个人就那么静了下来，安静地打理家务，安静地听歌，安静地做着每一件该做的事情。

很想拿起电话问问妈妈今年的端午怎么过，拿起几次又放下几次。动作有些懒散，没有了早年的热情。原来，时间就是一个磨练人的东西，曾经的那份激情早已被岁月的锋芒消薄，再回转，心，已波澜不惊。

　　每年四月后，我一直都坚持早睡早起，把手机调成自动模式，晚上十一点自动关机，除非有特别的事。早上五点半闹铃一响自动开机，然后上山跑步。我觉得这是对自己的一种善待，也是对自己的一种约束。

　　闲的时候，我还是喜欢去逛花店，希望有我喜爱的小收获。

　　我养花是外行，不怎么细心，但是我很尽心尽力。因为我喜欢，喜欢的事情就是再难也愿意去做，即便最后的结果不是我想要的，我努力过也是值得。

　　我又带回一些花，有茉莉、富贵竹、芦荟，又增加了一盆栀子花，尽管家里早先的那盆奄奄一息，我还是舍不得丢掉。因那是我最爱的，又怎么能忍心。

　　阳台上堆满了坛坛罐罐，高的、矮的、瘦的、胖的，夹杂在红黄绿白之间，一开窗，连房间里的尘埃和空气都新鲜得要命。

　　密友来我家里，给她引荐了我的小天地，我连声问，好看吗？喜欢吗？友笑我花痴一个，当心"招蜂引蝶"。我才不在乎她的取笑，就招蜂，就引蝶，我就要好好地爱一回。那时，那语气有点矫情，有点管不住自己，还有那时斜落在窗台上的小光阴，就像柔软的蔓藤，覆盖了我全部的愁情。

　　还是喜欢雨天，每每雨下得缠绵的时候，就有外出的冲动。

　　拿了一把雨伞出门，一步接一步，不快不慢，感觉那些雨水都是为自己落的。我喜欢嘀嗒嘀嗒的雨水声伴着潮湿，一并融进血液里。它们像知晓我的心思，下落得更加缠绵和放肆，有讨好的意识。我喜欢这种气氛，既投情合意，又释放了潜藏在骨子里的沉闷。

　　早上跑步我又看见了艾草，又一次让我想起了端午这个节日，是该有所准备了。

　　今年，我打算自己包粽子，什么豆沙的，咸蛋的，红枣的，每一种口味我都做一些。对了，我去年冬天腌制的腊肉和香肠还在冰箱里存放着，都拿出来包上。尽管不怎么喜欢吃，但自己亲自动手做的，看着也是一种心情。

想着五颜六色的调料摆满整个桌面，我的心情就激动了。一个个细心地做，细心地加各种味道，再细心地用细线一个个地绕啊绕，那女人的小心思就立马生动起来。

我喜欢烟火浓浓的小日子，还有厨房蒸锅里冒出的白雾一缕接着一缕地上升。

想想那些味儿，就有足够的理由勾引着我。

等吧！等粽子的香味飘出，等一次回旧的味道，再等一次从前的光阴……

深情不及久相伴

一

五月，又将告一段落。

而我不喜欢的夏，也就在我的视线里越发地加浓了深度。

心情，就这样开始变得懒散，包括我最深爱的文字，都被日程的繁琐拉开了距离。因而，也越发淡漠了初心，荒废了光阴。

忽然间，对什么都生不出情感，很多时候，一种厌世的想法就会横生在心里，直接想逃离这繁杂的尘世。最好是只有一个人的地方，只有花香鸟语、小桥流水、简朴的院落……

不想动笔的那些日子，看见字就生厌，很绝情的那种，有时甚至想干脆关了手机，好几天都不接触电脑。一个人去爬山，看绿叶缓缓生情，看草花青果疯狂地生长，让空气横穿体内任意灌输。也不带相机，懒得动手，以免浪费了体力。

日子不厌其烦地流转，平常除了办理一些琐事，打理生活，照顾孩子，闲的时候就四处游走，再剩余的时日就是看书。

后来的某一天，我出差外地，因自己的疏忽，被小偷偷走了手机，和来接我的人失去了联系。那一刻，我有点恐慌，甚至有点无助，一些所谓的坚强顷刻间瓦解。还好，有我信赖的人，到底没有流落在陌生的城市。

有时候不得不相信，有些情感虽然隔着千山万水，依然可以感觉到近在咫尺，哪怕只是遥遥的声息，那气流依旧在血液里流淌。

也一直相信，再好的感情总会出现一些小小的摩擦，只要是真情，只要你愿意去懂，去理解，哪怕总有那么一些残缺，那些缺陷都美得心碎。

二

回程的日子，意外地收到很多欣喜。

看见一些在"失联"之后还能顺顺当当、安安稳稳等我来签收的礼物，我那不争气的眼睛忍不住就要掉下水来。

密友气急败坏地说："我都准备登'寻人启事'了，还以为你被人贩子拐跑了。"那语气虽然有点粗俗，但我喜欢，喜欢听她在一旁数落我的没心没肺。

完成了预约的稿件，闲下来的时间又去逛了书店。看了很多书，也买了很多书。看卡勒德·胡塞尼《追风筝的人》，看杜拉斯的《情人》《广岛之恋》，看衣露申的小说《我们都辜负了爱》《开到荼蘼花事了》。

我喜欢衣露申的文字，有一种接近灵魂深处的共鸣，以及一种窜进骨子里的气息。

记得第一次读衣露申的小说《开到荼蘼花事了》是在网上，那时候看到夜深，差不多一口气看完。再之后就有动笔写小说的念头，但终究是搁置了。

再后来，就是听歌。听老歌，新歌，不喜欢的词调就抹去，喜欢的就留着。听到熟悉的就会眼眶潮湿，再后来心疼不已。

听赵雷的《成都》，听仓央嘉措的情歌，听曾经和熟悉的人一起听过的歌曲。

听的时候，我会想到某一个人，某一件事。那时，心里的小情绪就会冒出来让人心酸。一首歌循环播放，只为熟悉的音符，熟悉的人。恰逢雨天，这情绪就高涨了。有凉意，有缠绵，曲曲弯弯，弯弯曲曲，思念的浓度就飘升起来，我不知道是仓央嘉措的情诗让人心酸，还是因为某一个人……

三

多天不曾更新，总会收到暖心的话语。

惠玲总说我粗心大意，冒冒失失的性格总是让人牵挂担心。那一刻，我在手机这头笑得很暧昧，她在手机那头一个劲地嘱咐我，上街注意安全，别又丢三落四的，当心有一天把自己也丢了。"婆婆妈妈"的语气让我血液浮生，倍感温暖。

鱼鱼也天天发来信息，不厌其烦地说着相同的话题。有一刻，我竟然有想见她一面的冲动，看看这个有着浓浓乡味的女子，为何如此让我有亲近的欲望。

时间越过越快，我所在的小城，夏天的味道就越发地高调。

我亦是粗心马虎的人，很多光阴就白白地浪费了。千里之外的那个人说，我希望看到你更多更多的文字，不要把你的时间和精力都浪费在感情上。此后想起那些话，我有点自责，有点痛恨自己的任性。

五月花果飘香的日子，也是雨季最潮湿的日子，我去取了外景。

雨水落下时，有风从眉间滑过，再落至嘴唇，很甘甜，有彻底的湿润下浸肺里，饱满得心房膨胀。

路过一座小院，有很艳的蔷薇花爬满了古旧的窗格，只可惜距离太远，不在镜头之内。其实，我对蔷薇不怎么热情，确切地说，不喜欢那种妖艳的颜色。

在所有的花卉中，只有这个季节的栀子花最入我的心。说白了，这个午后我是奔赴栀子花而去的，但今年雨水变多，湿度太浓，终未能如愿我想要的那场花期。

五月尾期，小城多是雨水，我潮湿的心也就更加泛滥。

只因"失联"的那些时日，我精心养育的两盆栀子花，因缺少我的照顾和水分的供养，全都奄奄一息。眼睁睁地看着它们的叶片一点一点地干枯，一点一点发黄，再一片一片地落下，就好像大朵大朵的花瓣撕碎在你面前，让心生疼生疼。

终于明白，再灿烂的花期，都有消香玉殒的时候。再深的感情，也不及长久的相伴来得倾心。

那一刻，心，无所安放。

不辜负就是对自己的认可

越发地珍惜光阴，珍惜身边的人，身边的事，珍惜一切来得及的东西。

这样的想法，不知是从什么时候开始的，我自己也不知道。总之，我在努力。时常在想，一切美的事物都是通过自己努力地找寻，才会发现它们的美，它们的价值。

好光阴都是自己找寻的，所以，很多时间里，我都会找出一些空闲，然后外出，走走停停，停停走走。因为先前的时光里我们都辜负了，辜负了很多大好年华，大把光阴，以及一些留不住的美好。

于是，我也时常会念及一些美好，念及一些人和事，这是一个人静下来的通病，每个人都会有想念。但念与不念，忘与不忘这些都不重要了，重要的是能平平安安地活在当下，便会心生感激。

其实，我特羡慕从前的日子，从前多好，可惜那些都是曾经了。

"从前的日子变得慢。车，马，邮件都慢，一生只够爱一个人。"这是木心的句子，我特喜欢这一句。

这一句写到我的心坎儿上了，旧时光里，什么都慢，车马，邮件都是精致的，那些年代里一个人心里只能装得下一个人。是的，只能允许装一个人，再多一个人就是奢侈，就是腐败，就是不正经。

闲情的生活才是最奢侈的。

早起，爬山，跑步。闻花香，听鸟语，看晨起的太阳缓缓升起，再一点一点地冲破云层，那时的光阴才最为美好。

一个人慢跑，不急着赶路，不急着赶赴下一程风景，不急着想今天，明天，后天……仿若那时的空气都缠绵得心生暧昧，还有那一声声鸟鸣，那些花草，想想都生动得不得了。

时常对自己说，无论有多忙，有多烦心的琐事，有多纠结的情感，都要给自己一份心情让自己静下来。静下来吧！只有让心静下来才可以看得见世间的美好，一切外来因素的干扰都只能加重自己的负累。

好比感情，无论一段故事有怎样的结局，我都会认真对待，一如初始。

有些情感就是注定的，来时就带着预谋，让人无处逃避，就连伤感都带着美好的成分，想辜负都辜负不了。

感情这东西，既邪恶又美好，让人往往深爱，又让人往往深恨。一旦沾上边，没有几人能逃得掉，像罂粟掺进骨髓，即便是隔着山水，也能让人念念不忘。

一段情好也罢，坏也罢，只要是真心投入，不辜负年华和光阴，就可以在有生的年华里寻求到自己想要的，即便是最终未能如愿，也不枉人生一世，又何尝在乎那些得到与失落。

春深里的日子最美，于是，去邂逅一朵花，一只蝶，一片草木，便是对这个季节的不辜负。

不辜负多好，什么都是美的。看着一朵又一朵花开，一片又一片叶绿，于是，你的眼里就有了念想，有了温柔，有了整个春天。哪管烦心的事，哪管在乎不在乎，哪管有人记得还是遗忘。

这个春天，大把大把的光阴像花絮一样围绕。一朵花开了，一朵花谢了，又一朵开得更加热烈。心就这样被缠绕着，愁情着，一刻也不曾停歇。那些姹紫嫣红，开得既心惊又惘然。

我羡慕那些花儿，明知凋零时惨淡，依然让自己开得既决绝又深深。这就是不浪费，不辜负，多好的情感，多好的心态呀！

光阴到底是不等人的，辜负了就是罪过。

闲时，一本书，一杯茶，一首音乐，在文字里搜寻另一个自己。那时，我是谁并不重要，重要的是我在努力，我在另一层时光遇见另一个自己，邂逅另一个人。一段情分，不浓不淡，不远不近，就这样牵扯。

我愿意，用文字的方式抒发感情。某个时候，某个地点，某个光年后的今天，记录我一生的眷恋，包括那些心心念念。

悲和喜全都在这里了，那时再来回忆，这一生好值得呀！

原来还是那般情长

四月，已是中旬了。已是中旬了呀！

突然间，心莫名地感伤。原来，光阴就这般飞快，这般决绝，一不留神，就已滑向春深里特别浓烈的日子。

时光不饶人啊！一晃又老了一岁。那些担忧，那些顾虑，那些心疼，就会无缘无故跑出来扰乱心神。

尽管这样，我还是想没心没肺地过着简单的日子，不想再去纠结那些往事。是的，过了的都是往事，尽管我还心痛着，还眷恋着，除此之外，只能算是给回忆增加一些浓度。

南方的小城，春天就是别样的早。

闲暇时写字，总离不开花呀草呀的，总觉得在这个季节里写文，如若没有那些花的陪衬，就觉得自己背弃了春天，将自己归类为"绝情"之人。我是做不来那些绝情的事，就连看见花掉落都暗自流泪的人，又怎能舍得去一些感情，更何况是一个人呀！

我喜欢那些花，喜欢那些娇嫩的颜色，喜欢枝头的那一抹新绿，更喜欢春深里那些鲜得勾魂的气息。春来，什么都是新的，新的东西总会替代旧的东西，日子才会不负鲜活。就当自己"喜新厌旧"吧。

可我见不得那些花儿落地，见不得遍地都是碎花，烂花，腥红腥红的，一大片一大片，像血流成河，像葬花岗，想想都心疼得不得了。

不想见，总归还是避免不了，到底还是撞见了。

那个清晨，那一地的樱花，那一地的碎片，叫我心疼了好一阵子。前一天我来时，还是好好的，开得正欢。遇见的那一刻，那模样艳得叫我又激动又嫉妒。怎么一夜的光景就零落成这样了？

一地的红，刺眼得生痛。那些花瓣，像颜料，像撕烂的绸缎，像一个正当年华的女子突然间撒手人世。那一刻，有冷气窜进心房，足足地傻呆了很久。

一地碎花，几处愁绪，无语情深。原来，有些感情总是败给时间，败给距离，败给消失的光年。

记得去年我也写过樱花，写樱花的美，樱花的放肆，樱花的烂漫。确切地说，去年我对这种花是陌生的，没有真正面对面看仔细，但今年我特意去赶赴了这场花事。当我站在樱花树下的那一刻，那些美啊，无法言说，真正的美到愁人，美到愁心。

"念起樱花，我的眼睛就有激情涌动，我仿佛看见整个枝头都是春的颜色，铺天盖地向我涌来，完全没有了止境，没有了退路，像奔赴一场倾心的爱情，情意深深，不顾一切。"这是我去年写樱花的句子，而那天，真有这种感情，我不否认。

那个下午，有微风轻轻，细雨分兮，我踩着湿湿的地面，目光痴呆，满眼的繁花转瞬间零落成泥。

耳机里是一首银临的《浮生辞》。

　　疏雨未歇，舴舟缓缓荡涟纹。春色未软旧苔痕，写意东风事，笔迟句稍顿，忽觉语罢寄无人……一别而尽，几念深，再逢春。灼灼新桃不识旧人，已无寻。一笑同泯是何人，此心有根，日生几年轮，若说情终情始，此身落落自空尘，心性最仁是凡人。

那韵律有点浮，有点愁心。像极了地上的落红，对尘世的眷恋，对情感的纠结，而后淡看尘烟。银临的声音既温柔又带着磁性，把人的心思一点点地剥离又聚拢，再一点一点地渗透到人的骨子里。

四月，到底是雨水偏多，微凉稍厚。

整个下午，都沉浸在一花一叶，一草一木里。我确信自己是贪恋，是感怀，是对情感的眷恋。

因而，我只能对这个季节怀揣梦想，只能在电脑上敲下几行悲情的小字：

> 人间四月
> 只是一场小小的浩劫
> 粉墨登场也好，彻底坠落也罢
> 也要将芬芳慈悲到底

因而，我只能偷偷地惦念，默默无声。如春这般，偶尔放肆，偶尔怀想，偶尔疯长自己，哪管情长，哪管过后的疼痛和忧伤。

遇见欢喜遇见爱

从汉中回来很多天了，心，还沉浸在那些山，那些雾，那些水里。

我尤其喜欢那些雾，真的是仙境呀！真的是。那一会，我也真的觉得自己误入了神仙居住的地方，心居然激动得想要跟随那些云雾一起飞。

那个时候的"午子山"（今陕西汉中西乡），那雾呀，不落别处，全都落在我的眼里，心里，缠绕着我的身体，让我的呼吸瞬间透不过气。云端，我是身在云端吗？那一会我只想到这两个字，是的，就是云端，我就是误闯天庭的俗女子，对什么都充满心动和好奇，包括那里的花草树木，都带着仙气。是仙气，是的，我确定那些云雾就是仙气。

一路上，惠玲老是取笑我，像一个没出过远门的乡间野丫头，对什么都是那么热情，那么惊呼。

惠，我特喜欢的那种知性女子，温柔得要命，连语气都是带着不可抗拒的"邪物"。一路上对我呵护有佳，倍加照顾。我特讨厌自己软弱的一面，老是对四个轮子的东西生不出情感，甚至排斥。那个时候，让我这个略有"女汉子"形象的小女人尽在她眼里展示娇弱。

春深的时候，都喜欢去看繁华异草，而我，却跑来看这些云雾缠绕，云水相连。我知道，这不是刻意，只是偶然，只是偶然的遇见，但这些偶然足以让我回味一辈子。不，是下半辈子，下半辈子足矣。

我知道，很多事不能太贪心了，贪心多了，心就有膨胀的感觉。就像感情，不浓不淡，不舍不弃，就这样藕断丝连，缠缠绵绵一辈子，多好。不能多，也不能少，多了会生厌，少了就会淡，我虽是一个挑剔的人，但我却更喜那些不是圆满，胜似圆满的情感。

一个人在心情失落时，最适合看这些苍老的古朴山涧。一层隔着一层，一片连着一片，那些山崖，那些云雾，那些水色，越看越孤寂，越看越苍老，越看就越觉得有些东西离自己越近，就在周围，眼里，心里，满满的，近乎膨胀。

这环境和有些梦境一样，有山，有雾，有水，也是白茫茫的一大片，全贴过来，全靠拢来呀！云里雾里，像是在前世，某个轮回的路口，又偶然相遇。那烟雾缠绵又缠绵，粘着身子，不能动，也不想动。那个熟悉得不能再熟悉的身影，顷刻间，瓦解了所有的相思。有时，我痛恨那些梦，一个又一个，老是纠缠着我，没完没了，没完没了地刺伤我，让我无路可退。

时常在想，此生能在这些山水云雾之间和心爱的人慢慢老去，人生该是何等畅意。

是的，即便是就此老去，也没什么可怕的。人本就是要老的，能老在自己欢喜的地方，能在有生的年华里遇见自己喜欢的人，多是难得，多是难得呀！

站在山下，一座座山峦相互被云雾包裹，被水色缠绕。我仿佛觉得自己已经属于这里的一份子，仿佛觉得，满身的俗气也跟着这些尘土淡化了，像个没长脑筋的傻人，可爱至极。那模样呆板，惊奇，甚至忘形。

惠和我是同谋，一样的看见这些不沾凡尘的世外"触目惊心"。但相比我，她大气多了，毕竟是见过世面的女子，心里的内敛自然从体内发出，让我对她有一种另眼相看、相见恨晚的情感。惠玲是金牛座女子，我在想，是不是金牛座的人一般内心都比较成熟和老练，让我这个善感的人特别迷恋。

很多时候，在老家小城，大多都是一个人待着，一个人在路上。一个人看书，听歌，码字。一个人闲逛，一个人守在窗前发呆。我喜欢那种孤独的特别，孤寂得能在一些尘烟里找到自己想要的东西。不是不合群，是不喜欢热闹的场合，是怕那种喧哗的气氛让我的心不得安宁。

那一刻的午子山仙境，恰恰让我找到了释放自己的场地，那一刻，足以让我不想再回转。

一路上，看见什么都发傻，足足要留恋好一阵子，目光还恋恋不舍。四月的汉中，油菜花最是风情的季节，但我不爱那些菜花了，不是不爱，是怕爱，因为只要是花科的东西不几天都会凋零，落下，烂掉。想到会烂掉，心就会疼。所以，惠玲要我在油菜花地里留一张照片作纪念的时候，我深怕弄伤那些花儿，提前结束了她们的期限。

今儿又是雨天，窗外灰蒙蒙的，和那天一样，心情泛滥。我知道只有雨天让我特别钟情，就像钟情一个人，无药可治。

这个下午，没有听歌，只是写字，写了又删，删了又写，还是不满意。我泡了一杯玫瑰茶，看着升起的烟雾，深吸了一口，那味道清香得像午子山的烟雾，草木，尘土，有浓厚的东西在血液里沸腾。我知道，那是情，情在升华，在整个空寂的房里蔓延。

或许，生活最舒心的事就是这样吧，遇见欢喜，遇见爱。不奢求，不索取，不纠缠，顺其自然。

人生负累太多，就不必想太多，纠结太多。好光阴就是在最适合的时候遇见自己喜欢的人，喜欢的地方，喜欢的场景，远远地牵挂着，远远地爱着，感受着。而后，想方设法将每一天过得有意义，不辜负自己和他人，足矣！

一片春心付海棠

晚间，翻看前几天下午拍的海棠花，张张都迷得人死。

那些粉白，那些嫩绿，那些风情，夹杂着诱人的纯香味，简直就是一副绝世的画卷。不言说，已知那个时候醉在心里。

都说海棠无香，那是胡扯。我敢断定，那不是真正识得海棠的人。海棠就像是有内涵的女子，她只是把香藏在内心深处，不给庸俗的人闻到罢了，只有内里真心有爱的人才有机会闻香识味。

喜欢花，是我的情有独钟，但对于花名我却知道的少之又少，经常不记得花名，且经常"张冠李戴"，粗心至极。

进得那片树林，初始，我不确认那就是海棠，只是那些花妆酷似网上海棠的图片。那时，我便在林间用手机拍了很多张图片给她看。她和我一样，爱花如痴，不同的是她知晓的花名比我多了去。

当我真真确认那是海棠花后，那股欣喜就直接上升到高位。不得了了，真的不得了，原来这就是海棠。原来，所谓的海棠无香，只是将那份香藏在心里，怕被人闻出心事，舍去香味，暗恋沉积。有此情的女子莫过于海棠了，叫人真正地体验了相思的味道。

"褪尽东风满面妆，可怜蝶粉与蜂狂。自今意思谁能说，一片春心付海棠。"这是明朝江南才子唐寅唐伯虎根据杨贵妃的"海棠春睡"的典故画的一幅《海棠美人图》题的四句诗。东风渐尽，满面妆容瘦，只

154

有可爱的蝴蝶和蜜蜂还殷勤着不停乱飞。而女子的心思无人知晓，无人倾诉，只有将一腔情怀交于春天的海棠，暗许芳心，思恋沉积。

皆是女子，我喜欢这样的人，喜欢将海棠比喻成世间深情的女子。为此情者，无不叫人动容，无不让人为之情深。只有懂得的人才能够了解海棠为什么无香。

懂了的那一刻，我更喜欢海棠了。喜欢那份不娇不艳，不粗不俗，不浅不薄之情怀，悠悠地渗进了心里，以至眉间。

向来对妖艳的花有过分地排斥，抵触她们想靠近我的身体，偷袭我的软弱。但是，海棠，我抵制不了，从遇见的那一刻，那白里透着粉红的小花瓣儿就一个劲儿地往我身上贴，往我怀里靠，想推都推不开，想退也退不了，异常迷乱，光艳夺目呀！

谁说海棠无香，只能施展媚术？她们还用得着施展吗？只那么轻轻地一触，心就动荡得了不得，如若用妖媚之术，天下岂不大乱了才怪。

满枝头的粉白相间，满坡都是，满得情怀无懈可击。带着细菌一样的芬芳，在三月的枝丫丫上，热烈地绽放。

这花儿真的惹不得，我开始有点惧怕她们了，不敢再粗心大意。小小的红，小小的白，交织在一起，别提那色彩有多诱人，有多上心。一束一束的小骨朵，全都聚拢在一起，是红色呀！鲜艳的红呀！艳得眼睛都不敢细看，不忍细看，怕招惹了她们，纠缠着自己没玩没了，没玩没了就有一层理不清，剪不断的关系，那这一辈子都别想脱身了呀！

绽放的海棠更加妖娆，更加妩媚，说妖艳一点也不过分。

那些花像赶集似的，你挤着我，我挤着你。她贴着她的腰，她挨着他的背，全都堂而皇之地攀上枝头，害怕被寂寞纠缠，害怕被孤立，害怕没人发现，没人欣赏。没人发现那多失败，那多没有面子，没人来约可不行呀！不然这个春天又该浪费一番感情，下一个春天，又是一番轮回，那还得等多少个日子呀？

　　说到底，每朵花都有私欲心，要不她们干嘛那么卖力绽放，还不是在等一场机缘，一场遇见，一场没心没肺的爱恋。哪怕不倾城，定也要倾心，哪怕只有一季春天的期限，能彻彻底底爱恋一回，那也是这辈子修来的缘，有人爱多好，多幸福。可惜，海棠终究没能说出心里想说的，她只能把相思藏在心里，谁也不告诉。

　　春天看花，多了几层心思，也渗进了几丝愁心。

　　想起那一句——"春风十里，不如有你"，那时的模样有点发傻。呆呆地坐在海棠旁边，不再挪动，安静至极，近处的风景，远处的夕阳，那一刻，反射的霞光落在花枝枝上，美得炫目，美得有心疼的声音想从喉咙冒出来，撕心裂肺地发泄一番。

　　最终，不再言语，好像一切都归于沉寂，像傍晚来临。

　　所有的选择都失去了意义。请允许自己在海棠前静默，默许一场花事的到来，再到结束。我默许自己把心里想说的话只告诉海棠，唯有海棠是个值得信赖的女子。

　　这一生，所有的情，就让春天带走，让春风捎给远方的信息。安暖如初，一切如故。

春分

春分。

一年又一年，一季又一季。

总有一些日子，我们期待着，翘首着。总有一些故事老成了旧景，成就了日程，成就了光阴远去。

走进春天，杏花、梨花、桃花、樱花……就很不矜持地开了。是的，很不矜持，很不稳重，像思春的女子，开得张扬，开得妖娆，开得没心没肺。那时，我的眼里只有嫉妒，只有蠢蠢欲动的心在唆使着不安分暴涨。

钻进树枝枝下，那些粉呀，红呀，白呀散发的香气，妖娆得过分又过分。全都不守规矩，全都相互拥挤，往鼻孔里窜，往肌肤里钻，往血液里深陷又深陷。

那个时候，哪由得我推辞，哪由得我拒绝，哪由得我有怠慢的心思，全都没完没了，没完没了地沦陷。

那时，我动用了所有的心思。我想躲进树丛里，藏进花瓣里，甚至钻进花蕊里。

我只想，将后半生的时间全都奉献。

我只想，不管凡尘事，游览人间，风情尽展。

我只想，不要轰轰烈烈的爱情，与蝴蝶花朵还有春风一起缠绵。

我只想，让膨胀的情怀像花苞苞一样毫无顾忌地绽开，哪管妖娆不妖娆，哪怕活的短暂，顷刻凋零。

我还只想，守一程不老的光阴，携心爱之人的手，相守余生，伴清风明月长眠。

那一刻，我允许自己发呆，允许自己想念，允许自己浪费。浪费时间，浪费光阴，浪费所有的感情，只为春天里，你来我在，你不来，我就将所有的春色打包邮寄……

那一刻，我看见了很多很多的花苞苞，绽放成一朵一朵的颜色，往旧了的老墙、门窗、屋檐上贴，放肆地裹紧，放肆地攀附，放肆地抛出媚眼，勾引一个又一个的路人。

我看见了花朵在笑，看见了枝丫丫上，全是春的风情万种，呼吸全被堵塞。

于是，所有的情被掠走。于是，你长成另一种模样，在空气里，在血液里，在我的心里，永无止境。

总有一个节气会把心全部带走。这就是春之情，不言情深缘浅，不言缘分厚薄。只能甘愿，只能沦陷，只能让情怀任意滋生。

玉兰花开

三月，我的南方小城。弥漫着空气的湿度，很缠绵，很是惊扰人心。

今春一直很阴冷，偶尔有阳光出现的时候，总是速度地把自己打扮得兴高采烈，急急地向外奔走。生怕错过了一场好的光阴，错过了与花朵亲密的机会，像是去赴一场约会，心动得总是丢三落四，忘乎所以。

三月，我去邂逅了杏花、梨花、桃花……还有很多种叫不上名字的花朵，唯独单单落下了玉兰花，多少有一些小小的纠结。

有了心事，总会被惦记上。就像心里揣着一个人，无论时间够不够，顾不顾得过来，即便是很久不再联系，都会将对方记挂在心里，如影随形。

玉兰就是。我记得是在滨河公园吧，那树枝比别的花树高很多，有些孤傲，有种不畏寒气的决绝和清高。而那份傲气直接抹杀了我仰望的眼神，都够不着她们半分的姿色。

玉兰的味道是浓郁幽香的，香气弥漫之处，有蔓延的馨香在你的鼻尖、额发，以至于你的体肤都会被缠绕。

那时，有小雨飘着，不厚实，却滴在了树干、发梢，我全然不顾。阴沉的天，雾气带着不彻底的湿，全都缠在娇嫩的花朵上。顷刻间，那些紫的、白的、粉的，全都沾上了清露，滴滴欲坠，滴滴欲醉呀！

"霓裳片片晚妆新，束素亭亭玉殿春。已向丹霞生浅晕，故将清露作芳尘。"这是在一个网友的博客看见一首写玉兰的诗句，倒是迎合了此情此景。阴冷的雨天，终究在这样的天气里平添了生动，多了几分喜色。

我围着那几株玉兰树久久地不肯离去。对于玉兰，我知晓的很少，只是知其名，从未曾真正地识得。关于花形，也是最早在网上看见一些图片，才得以知道一二。

一直不大喜欢大红大紫的花卉。比如牡丹、玫瑰、串串红……那些俗得不能再俗的花朵只能让我视而不见。而玉兰却让我有种"相见恨晚"的感觉。傲娇，清香，凛冽，高不可攀，让我仰望，让我膜拜，以至于有迷恋的倾向在血液里延伸。

玉兰，初识，在我眼里是极品，孤傲的有点脱离人群。

那馨味，像带着细菌一样慢慢地孳生。在微冷的三月，在雨丝纷飞的冷风里，在光秃秃的枝干上，盛势凌人地绽放。不管旁人眼里的窃喜，不顾别的花朵的嫉妒，什么都不顾，自顾自地开着，既决绝又深情。

到底是花科之类的植物，多少还是有一些娇柔。微风细雨里，粉嫩嫩的花瓣就纷飞散落，顷刻间，地面上，杂草间，水波荡漾的湖面，都积满了粉红白相间的花瓣。落花飘零，点缀着这寂静之美，我迷醉的眼神在这满是湿漉漉的空气中，沉迷之后还是沉迷。

一地的花瓣，平添惆怅几许。像一段情，分分合合，聚散皆注定。雨打花落，心里全是疼惜，全是揪心呀！

那几株玉兰树还是自顾自地开着，哪管风雨的淋漓，哪管花期的短暂，哪管飘落的瞬间有无限的痛苦，依然让自己开得既芬芳又清绝。

又一阵风过，一瓣花损落，又一瓣紧跟着随后，想躲都躲不过。终究是隔着距离的，爱莫能助，凄美得想逃离，可脚步终不听使唤，挪不动，舍不去。

有情的人，心里始终住着春天。

无论这个季节有多少花开花谢，有多少凋零及惨败，都会因了一些情感的牵连，和花缠绵，和草木结缘，和你相拥春天。

只因了春情的泛滥，我更愿意在一株玉兰花下，等一场落花雨，无论缘起缘没，缘尽缘散。只因为，我愿意等，你也该愿意来。

西安散记

一个人无论经历了什么，走过了多少路，看过了多少了风景，爱过了多少个人，她的内心始终有一块最柔软的空地，为牵挂的人保留。

从西安回来，就一直想动笔，只因另外的一些事打乱了我的计划。

还是在 2016 年秋天的时候，就一直盘算什么时候启程去西安那座古城，看看那里的风情，那里的山水，那里的人。琐事的牵绊一直挨到冬天，再挨到年边。那个下午，阳光很好，我在窗下敲字，透过玻璃窗的光线斜射在电脑桌前，暖暖的，有春天的感觉。

小窗闪过一条信息来："秋，你说要来西安，带孩子们一起来，你不要担心什么，这边有我。"那时，我刚好敲下一个标题《原来，有些时光是最柔软的》。那时，读到"这边有我"几个字时，我的心温暖了好一阵子，潮湿在眼眶打转，像要滴出水来。于是，我决定将这个标题放在最后，定下时间去西安后，回程以后再来写。

一方，西安本地女子，照片里见到的是一个清瘦温柔的小女人，简单纯朴，不娇柔，不做作，是我喜欢的那种可人，即便是隔着时空，我也能闻到那种朴实可爱的味道。其实，我们聊天并不多，偶尔闲聊也就几句暖心的问候。

凌晨一点多，七八个小时的火车将我和孩子们带到西安那个既熟悉又陌生的城市。那个夜深人静的夜晚，冷清的站台并没有给我增添太多的愁绪。我的心是热烈的，因为我知道，站外，一方早已安排好她的朋友来接我。那一刻，所有的陌生都变得熟悉又温暖。那一刻，我牵挂的人离我那么近……

半小时的车程直达酒店——忆江南。酒店是一方托她朋友亚惠预定的。亚惠，餐厅经理，也是一个热情温柔的人。她们全都是心思细腻的女子，整个安排令我感动得掉泪。酒店外形美观雅致，进得房间，标准套房，整个空间既舒适又温馨。两张床一大一小，小的一张我睡，大的一张双儿们睡。纯白的床单舒适缠绵，很诱人，古式的台灯散发出暧昧的气息，乳白色的纱窗罩着落地布帘，有家一样的温暖。

那个夜晚，心情潮湿，所有不熟悉都变得熟悉。那么近的距离，我甚至闻到那些空气里都散发出一种气味，又浓烈，又深厚，像是窜进了骨髓。

第二天，下着细雨，好似欢迎我的到来，雨丝细柔，带着冷风的味道。西安，这座古朴的城市，每一丝空气，每一粒尘埃都感染着潮湿，冷味也及其厚重，但我不担心那些冷气会偷袭我的身体。

快午间了，我在等待一方的到来。坐在厅堂前发傻，那里的高楼大厦，一砖一木，都如期出现在我的视线里。那些风景由陌生到熟悉，再由熟悉到心动，都应约了我的梦境。我来过这里，一定来过，我自言自语，很细声地说着。

雨，一直很细小。风穿过堂前，微冷便在那一刻开始入侵。眼睛透过侧面那扇玻璃门，茫然地搜寻，我不知道自己想寻找什么，亦或是等待着什么，模样不安心，就那样自顾自地任由目光徘徊。我是希望搜寻到梦里那个熟悉的影子？再或是足迹？不可而知……

终于，见到了一方，那已快是午间了。和我想象的一样，真真的可人儿，纯朴，简单，温柔，有一种古典女子的味道，娟秀中透露着端庄。我喜欢这样的女子，一眼入心。连她身上的那股气息都是我熟悉的，不多的言谈将我们更拉近了一步。

下午，一方有紧要事，我独自先去了钟鼓楼，回民街，这两个地方是我最想去的。因我无数次听她说到这里，那里有我熟悉的味道。

果然不假。古式的长廊，雕花的门窗，深红色柱子的大厅，还有大红灯笼高挂的牌坊，一一印证了我梦里的场景。几百年前，几百年了吧！我是否也在这里游走过？是否在那一面高高的城楼上也曾这样翘首，期待……期待一场相逢……

回民街，人流潮涌，相当的喧哗。是的，我只能用相当，因为我找不到用什么言语来形容人潮的拥挤。各色小吃，各式"奇珍异宝"已经令我"心潮澎湃"。我是喜静的人，怎能容忍那种喧哗扰乱我的安宁。

一方办完事后，在一处安静的茶室内与我相遇。一如初见，依旧那么热烈。

我们一起去了闻名中外的旧城墙。那天，城上的风特别欢迎我，时不时钻入我的衣袖，戏弄似地掀起我的衣角，很凉，很浸心。好像我已习惯北方的那种凛冽，无所谓这种寒凉。

走在城楼，一如初见，我的情感依旧起伏不定。

统一的青灰色，一砖一瓦，一草一木，有过分的回旧，仿佛将我的视线拉回了几百年前的唐朝。旧牌坊，旧城垛，旧石板，连飞落城头的小鸟都仿若来自远古。旧了，是旧了，旧得我的心一直在那层气息里缠绕，有想穿越的心思，说不出的迷惑。

晚间去了魏氏凉皮，一方说那家的饭菜特别有味道，有西式的，有中式的，又干净又对胃口，不油不腻，色香味俱佳，适合男女老少的口味。果然，我很钟情那家的格调，不说饭菜的优越，光是那摆设，就特让人增加食欲。小方厅，不大，进去人员满座，每桌插有花束，还有音乐声陪伴，那韵律像小桥流水，牵引着食客的心思在空气中回旋。

第二天去临潼，看华清池，看秦皇陵园。那时，刚好与一场雪相遇。

我不知道是不是上天有意为我安排的，知我这个南方女子爱雪，喜雪，才将这场雪花落得飘飘洒洒，倾城倾国。那时间，我如一个不问世俗的女子，在漫天飞舞的雪花里游走。此情此景，唯有想念，唯有在那场雪地上，借着纷飞的雪花放飞思念……终于站在北国的城池、北国的风花中，情感在逐渐升华，不缓不急，不忧不愁，心里只牵着一个人的影子，温柔地与这些时光相拥。

第三天，大雁塔，永兴坊。原计划准备去咸阳看看，终是遗憾，未能如愿。

大雁塔，是玄奘为保存由天竺经丝绸之路带回长安的经卷佛像而主持修建的，这些遗址保存了华夏文化的典型物证，也是凝聚了汉族劳动人民智慧结晶的标志性建筑。

说到永兴坊，我是真正的喜欢那个地方，带有民族气息的传统小吃，特有一种回旧的味道。相比回民街，我更喜欢那里的整洁与雅致，风味与情调的融合。一方说，那里的小吃才算得独特，算得上别具一格。是的，旧楼花，旧窗格，旧庭院，以及旧人，旧事，统统在我的眼里见证了陕西的风情文化，以及那些古玩字画。新春微暖，有点晚来的悔意。那个时间，那个黄昏，那样的光阴，我竟然心生恋恋不舍。

晚间去了一家串串火锅店，是一方提前叫她先生预定的。

刚进店门，两旁的清一色的小青年齐声吆喝：欢迎光临，欢迎光临……那阵势像迎接"外宾"，惊得我的心脏有点儿颤动。那晚，我在那家小店有点醉意。红酒是一方先生带来的，她先生山东人，特有的山东爷们，豪爽，在我和一方眼里，是个难得的好男人。只因我不胜酒力，才喝一半就满脸绯红，可惜浪费了半杯法国红酒，糟蹋了粮食。

游离世间，总有一些时光最柔软，最动心。

好比一方的家，整洁，干净得不染烟尘，不华丽，但不失雅致和温馨。落坐在宽趟明亮的客厅，那股舒适就延伸到骨头里，有点想躺在沙发上，昏昏欲睡。一方领着我来到阳台，指着一个老旧树墩似的茶几问我识得不。说实话，我对这玩意儿是孤陋寡闻，但我一眼看见它，就心生欢喜。那"树桩"花纹一圈一圈很是均匀，规则得数得清纹路。旧旧的色调，旧旧的味道，旧得有禅意附体，我惊叹那是神物，不可多得呀！

回程在即，有光影落在眉间，我依依不舍。不舍这份情，不舍那一层光阴，不舍我牵绊的人……不舍又如何？不舍，又能挽住时间的流逝吗？我预感我还会再来，还会在某个时日再次与这里的时光，这里的景，这里的人相遇一场欢喜。

这个下午，微暖。我的小城有阳光，有风，还有记忆在翻滚。我提笔书写，情意满满。只因为心里有牵挂，有深情，有爱住在心里，丰盈得膨胀。

窗外，夕阳西下。我泡了一杯绿茶，听刘庭羽的歌《勿忘我》，缠绵得心疼。或许，美好的时光就是这样吧，心里惦记一个人，无论距离远近，那些相遇的光阴，走过的路，看过的风景，都是岁月赠予我们最美、最深情的生生不息……

年味

"年味"，这两个字很温暖，很厚重，也很有人情味。至少在我的记忆里是。

不知从什么时候起，"过年"这两个字在我的眼里变得那么"单薄"，那么没有分量，越来越淡漠，越来越没有味道。

年边了，没有感受到年味的浓重，反而觉得心里特别压抑。现在的年成了酒宴的代名词，朋友聚会，同学聚会，亲朋好友的婚宴，饭后全都是在红灯绿酒里买醉。差不多每天都在这种场合奔走，说来真的乏味透顶。

越来越觉得过年没有味道，一年不同一年，也许真的年长了，心境也不同了。想起小时候那么盼望过年，一到年关近了，就特别兴奋，甚至晚上觉都睡不着，就盼望着新年里穿新衣服，吃好吃的东西，玩好玩的玩具，听噼里啪啦的鞭炮声，在被窝里期待天快点亮起来，偷偷地喜欢着自己的喜欢。

那种味回忆起来是香浓的，深厚的，有种特殊的味道，带着俗俗的一种热烈和欢喜。那时，我特别喜欢那种声势浩大的年味。还有震耳欲聋的喜炮声让我捂住耳朵蹦跳。家里家外，大街小巷，都是在轰轰烈烈操办着迎接新年的活动。

而今年，我让自己变得懒散了，不想多动，也不怎么热心，仿佛身体里少了一种活动细胞。

今年的饭局也特别多，一听到电话那头发出的邀请就有点胃不舒服，感觉有什么东西向外膨胀。

小年过后，年味就开始浓烈了，看着街上那些来来往往拥挤的人群，仿若那些忙碌与我无关。新年近了，却什么都不想置办。朋友说，新年了，给自己也添一样东西吧，哪怕是一条围巾，也是一种心情。听了这些话，心里越发低落，因为那些心情对于我已经没有了那种新年的感觉。

去到商场，货架上琳琅满目却不知该选购什么。走了一圈又一圈，最后在一排高高悬挂的灯笼前停住脚步，那款式很新颖，鲜艳的红色在进入眼帘的那一瞬间，我才感觉到年味在向我靠近。还有相邻的那些大红"福"字和"中国结"，满屋顶都是，整个眼花缭乱，不知道选哪种好。往往太浓厚的东西在我眼里就成了奢华品，不适合我的性格，尤其扰乱我视线的物品，最终成为弃物。

我想，最适合我的还是蔬菜市场了，看见那些绿得滴水的青菜，心里就生出占有的欲望。还有那些青红辣椒，小的，大的，圆的，方的，统统都往购物车装。总归是女子，到底是偏爱有情调的东西，即便是选购年货，都忘不了私欲心膨胀。

年，总归是年，总要给自己一份心情。清理了房间，擦洗了门窗和玻璃，再清洗了厨房，整个人骨头都散架了。

多日的忙碌，很久没有静下心坐在电脑前敲字，手指有些不听使唤。时光久远，日程累积，光阴终归会淡去很多尘味。年，硬是淡了，淡得连写一篇"年味"的文章都理不出头绪。

一年，又一年。一月，又一月。一天，又一天。年年循环。

年，再也没有往年的味道，再也没有往年的那一份心情。是什么改变了行程？无从言语。

年，还是这个年，还是这个时日，传统的佳节。只是风景不复当年，味道不同初始。只是时光改变了初心，只是，把日程隔离成了旧影……

又逢初晴雪

北方的初雪，纷纷扬扬。

她发来图片说：秋，小雪节气，下雪了，多好。恰逢了初雪情。

她说：飘飘洒洒，像满天的花絮，一朵赛过一朵，像天使，像精灵，一片一片，美得心痛。

她说：下雪了，好想和心里的那个人手牵着手，一起看雪花。因为可以一不小心就白了头。那时，眼眶有泪滑落。

我也想看落雪，一直都想，一直都想去北方看一场"惊心动魂"的雪域倾城。这是我的心病，想了很多年，很多年，至今都未能如愿。

我的南方小城，无雪，这个初冬只有风和雨水交织，冷风一程压过一程。所以就特别期待有雪花飘落。

我一直幻想有一场雪来临，哪怕是稀薄的，不厚实的，我也会把每一片雪拥抱怀里。当然，我希望是大雪倾城，希望在漫天飘飞的雪地里，与心爱之人见证一场走到白头的浪漫，无关是否刻骨铭心。

这个冬天，我的城冷得特别早，比起往年，像快了很多个时日。窗外，风狂乱地敲打着玻璃窗，震得人心惊肉跳，像要灵魂出窍。院子里的树枝摇晃得特别厉害，树叶儿忽高忽低地被风颠来颠去，那样子像极了一场场生命的轮回。

我说了无数次不喜欢冬天，但是我抵制不住雪的诱惑，冬天也就只有雪才是我命里的克星，其他我都不屑一顾。

对于雪花，有多少情怀，我说不清楚。大致命里注定我该去走一场雪地，感受一下北国的风情。我迷恋那种美，有一种刻骨铭心的感觉，我曾写下无数的诗句，有赞美，有思念，有喜悦，也有惆怅。

是的，我惆怅。

我未能亲眼目睹一场大雪覆盖世界，未能亲自见证一场极其壮观的场面，更遗憾的是我的思念无处可依，一场冷风就凉了眉睫。

我想起了去年冬天那一场初雪。

你告诉我：下雪了，没有了久违的那种欣喜，只有雪花的坠落声忽然了了的心情。

你还说：雪不够大。你希望是那种既厚实又深浓的白毛大雪，一眼望不到边。

见了那些图片，真的喜欢，只是在你眼里见惯了北方的雪景，而初雪只是一场小心情。我知道你不是为了那场初雪才去拍摄……只是那些已被你遗忘在某个角落，任其消极沉沦。

而今年，冬天又来了。你将自己封闭，不见雪花情，只有冷风吹过一程又一程，终不见音讯……

此时，我的小城又是风起，满城的风乱飞。我捡了几片落至窗台的树叶，握在手心里，不忍丢弃。我知道那是秋天遗留下的痕迹，每一片都包含着无限的深情，只是秋已尽。

重新翻阅图片，有细碎的心思落在纸上，仿佛那些不是雪呀，是情，是情在图案上一丝一丝地缠绕。我的字符活了，忽然间有了灵气。于是我写下：

冬月，

我在孤独里行走。

等一场雪，染白。

染白天空，还有我不眠的夜。

这个冬天不太冷

冬天，特别适合蕴藏感情。

"感情"二字，于冬天来说，这两个字多黏人，多有浓度感，念起来软软的，让人的血液有升华的感觉。感知让雪花听到这二字都会飘飘然，妖娆得像天空落下的幔帐，缠绵得让人心疼。

闲暇的时候，就喜欢呆呆地望着窗外。那里有风轻轻地吹，有细碎的声音轻柔地钻进耳里。我分辨不出从哪个方向来，我猜，应该是北方吧，对的，应该是北方，因为只有北风吹来的声音才这么动听。

对面的银杏树上那些叶子黄得耀眼，只可惜差不多都快掉光了，风来时，沙沙的声音孤零得让人不忍细看。

到底是冬天，冷气一层层地散发，最终让我这善感的女子落下轻叹。

那一刻，我只有虚叹光阴，仿佛这个冬日与一些感情无缘。可我分明听到风里有隐隐的叹息发出，我能感受到那些气息，就在我的周围，淡了又浓，浓了又淡。

这段时间，阳光成了稀客。偶尔来时，也都是匆匆复匆匆。

窗台上的绿萝也消瘦多了，也许是寒气过深，或许是缺乏日光的温润，总之，跟以往的青绿相比，总少了那么一些颜色。

忽而觉得光阴短了很长一节，所有的植物都单薄得心痛。总归是淡了，瘦了。包括我的心，都只剩下丁零。

光阴最是愁人，来不及等你回头，就已经将很多事物隔离在视线之外。其实，这样也好，至少这一刻我是这样认为。就像此时，我可以回味，可以念想，可以让自己这么安静地发呆，什么也不做，只是想念着，想念着……一个人。

有树叶飞落窗台，慢慢地，旋起了弧线。那速度很轻柔，牵起了怀想。

我想起了去年冬来时的语言，那时情怀满满，那时，柔软着内心，那时，整个冬天都不冷，那时……因为有你。

有时候想，感情到底是一个什么东西？甘愿低微自己，甚至低于尘埃。张爱玲的一句话说到了心坎，"喜欢一个人，会卑微到尘埃里，然后开出花来"。或许，有的感情就是一个劫，无论躲不躲得过，都得经历，这就是劫数。

冬日，多少有一些忙碌。忙着上班，忙着打理家务，忙着寻得一丝空闲整理心情。偶尔也偷闲翻翻书，搬弄搬弄花草，倒也不觉得虚度。

有时候也埋怨自己，任性，不够耐心，不够仔细，丢三落四，粗枝大叶。也总是弄不好那些花，时常辜负了自己，也辜负了别人。

静下来时，放几首熟悉的歌曲，泡一杯热气腾腾的香茗，再翻翻那些老旧的字，就有了动笔的心思。

期间有信息传来，我反复阅读，似懂非懂，总觉得模糊不清。其实，旧字也好，新字也罢，即使我读不懂你，都有一种熟悉。还有指尖碰触键盘的声音都有暖意延伸。

敲下的字有点缓慢，不成句，断断续续。亦懂，非懂。但所有的字符都在生香。

冬夜，是适合在一杯热茶里回味，有热气腾升，那些水花都沾满暖意。不记得昨天做过什么，明天又该怎样。

这一刻的宁静，我喜欢至极。用这样的心情写文字，字与字之间就不再有距离，它们深情相依，只因为有一股暖意潜藏在心里。

就像此时，我在夜里和自己对话。懂也罢，不懂也罢，做自己喜欢的事，无关乎其他。我只想这个冬天，所有的冷气都隔离在窗外，守着这份感情，梦一场，笑一场，不奢求永恒，而后安静入眠。

第五卷　旧时光是一贴花

冬来了

冬来了。

南方，我的小城也不可幸免一场冬的浩劫。

冷气出现的时候，不再那么"勤快"，仿佛所有的光阴都将温度隔绝，连敲键盘的声音都有一种刺骨的疼。冷气一层层地散发，凉到指尖，包括空气，包括每一粒尘埃，甚至每一寸肌肤。

一直不喜欢冬天，冬就像一个"刽子手"，斩断了所有季节的思念。尤其是对秋季的残忍，不忍离情。那场面真的像采风写《冬天》的文字，"像是一场火烧到最后，只留下惨白灰烬，风一吹四下而远，若落到心底，连骨头都如染了风寒"。

是的，我怕冬天，怕染上风寒，怕触动心里最脆弱的部位，怕最后的一点念想都被寒气冻结。这个时候，最痛恨自己的懦弱，极不喜欢这个冬天给我的感觉。哪怕是冬天还有我最期待的雪花，那些美丽只能是"昙花一现"，最后的最后，让人空了思念，落下病根。

早上是最纠结的事，不想起床，赖在被窝里不想动。该死的闹铃一个劲地催，还是不想把手伸出被窝，那一刻，我怕伸出的手瞬间就被冷气缠住，再也收不回来。就像感情，一旦付出就再也没有回旋的余地。

自从秋末到入冬以来，都是雨水不断。阳光仿佛也被"冬藏"了，整个人的心都湿得滴水。

冬，就是绝情的，不要期望有什么奇迹出现。有时候想，既然逃避不了，那就面对吧，生活总得继续，不管你怎么困惑，时光还是会照常运转。

此时，窗外又是阴天，透过窗棂的光线暗得人心又生出了胆怯。这个初冬，所有的"诗情画意"都被光阴"雪藏"。那些像鸦片一样的字符就像这个季节的植物，好似在我的血液里"冬眠"了。不再怎么写字，即便是有时候有动笔的心思，因为缺乏了灵性，也懒得动一动手指。

还是喜欢每天外出，哪怕外面雨落不歇，风狂乱地飞。还是满小巷地乱逛，没有目的，没有方向，也不和任何人说，就那样任由自己乱走，不管走到什么地方，总之不想停下。

有时想，一个人孤独时，大概就是这个样子。其实，真正的孤独不是没人听你诉说，而是你想说时，却无从说出口。就像有些心事只能埋藏，有些话只能说给自己听，有些话即便是你说出，也没人会懂。所以，有时候我宁愿孤独到绝情，或没心没肺。

夜里，坐在电脑前。很多天没有动键盘了，手指有点不听话，僵硬，不怎么灵活。呵了呵气，倒了一杯热茶陪我，还有窗外的风伴着。

这个夜，是孤寂的，一切都在暗淡的灯光下泛起旧样。

一切都寂静了。我盯着台灯发傻，我想到了已去的秋天，想到了去年的冬夜，想到了很远很远的事……我的眼眶便湿了。其实，每个人都是黑夜中的独行人，在回想的时候，总有不同的心事。你不理解我，我也不理解你。你不再说话，我也不再吱声。就这样擦肩而过，越走越远……

夜睡了。我也该睡了。

再也不想熬夜，看淡了一切，看淡了生活，也淡漠了曾经对文字的那份痴心。有时候想，淡漠一点好，淡漠了，就不再那么为难自己，淡漠了，也是对生活的一种安放。感情也是，不奢求，不纠结，该来的且来，该去的且去。

十一月的夜，有点寒气过重。窗外，有风声依旧响个不停。

这个寂静的夜晚，我落了三个字"冬来了"。写在开头，也写在结尾。

冬来了，都彼此保重。

十五的月亮十七圆

这几天只要打开手机，微信、QQ，还有邮箱，就有无数的信息提示。

我知道，一般都是中秋祝福语。由于时间关系，这些信息一般我很少回复，但那个瞬间，心里总会有潮湿在眼眶悄悄流露。尽管只是隔着时空的贺词贺礼。

尤其这样一条短信："前两天我和朋友们在一起吃饭，闲聊中有个朋友看到了我的手机有你的微信，他非要我把你的手机号给他，没办法，我拗不过他，只好给他了，过三四天他会来看你的，他叫钟秋杰。"

看到头几句，我一惊，干嘛把我的手机号码随便给不认识的陌生人，心里怪朋友太多事了。

看到最后我偷偷地乐了，原来是中秋祝福。

那一刻，我的眼眶有点潮湿。

其实，我们在乎的不是那些虚有的言语。而是，起码证明这个人是想起你的。哪怕只是一句话，或一个表情。

点开新闻，一条"十五的月亮十七圆"的信息让我惊奇。

心里纳闷，咋回事呢？不是十五的月亮十六圆吗，怎么今年要十七才会圆满？细细看完了内容，才知道是今年的地球在时空运行轨道上发生了稍稍的变化。

下楼去市场买菜，在楼梯口遇见王阿姨，看她在摆弄手机，就好奇地停下。

"秋，你帮我看看，我的手机是不是坏了，怎么这几天都没有响声，也接不到孩子们打来的电话。"

我仔细看了看，手机是好的，哪里都没有问题。那一刻，我知道了王阿姨惦记什么了。中秋节来了，她老人家想远在外面的儿女了。

"放心吧！阿姨，手机是好的，也许他们有事耽误了，再或许是工作忙，相信你的电话很快就会响起。"

刚和王阿姨说着话，她的手机铃声就激烈地响起，那声音很大，震耳欲聋，整个楼梯都充满王阿姨开心的笑声。

那时刻，我心里又一次心惊。很多天没有去看看妈妈了，不但没有去，连电话也没有打一个。我恼火自己，怎么可以把这么重要的事情忘记了。

都知道，"中秋节"是中国重要的一个传统节日。据书上记载：每年农历八月十五日，是传统的中秋佳节。这时是一年秋季的中期，所以被称为中秋，而八月十五或十六的月亮比其他几个月的满月更圆。此夜，人们仰望天空如玉如盘的朗朗明月，自然会期盼家人团聚。远在他乡的人们，也借此寄托自己对故乡和亲人的思念之情。所以，中秋又称"团圆节"。

在这个现实的社会里，时间就是金钱。但是，无论我们多么忙碌，亲情和感情都远远比金钱重要。

因为有情，所以在乎。因为有爱，所以珍惜。因为有血脉相连，所以牵挂。

其实，能真正关心你的，才是你生命里最重要的人。这个世间，只有这辈子的缘分，没有下辈子的相牵。祝福祝贺虽然是片面之词，但至少，让彼此的距离有了相近的牵绊。

朋友们，在这个相聚之际，无论你们有多忙多远，请给你心里最亲近的人一份心情，一份爱意，一份相牵相伴。

中秋，我在心里默默祝福。无论今年的月亮，十五圆也好，十七圆也罢，都有我的心语挂在月亮之上。

抬头思念，低头，全是念想。

秋夜话寻常

　　"寻常"，这两字很平淡。淡得在秋来的这段时间里没有一点波澜。

　　而我的心，却在这平淡的日子里，搜寻着，再或是，期待着什么发生。

　　今年的秋季，一点也不温柔。说得粗糙一些，像一个"盲流"，张狂地向尘世的每个角落喷发着热气和尘埃。

　　迷糊里，这种天气好像已经循环快半个月了。这半个月里，都是高温，而且高得有一点吓人，以至于很多时候，自己不安分的心，觉得特别烦躁和压抑。不敢外出，除了黄昏和清晨，一般的时间只有待在家里，那些小花小草，布柜衣橱就成了唯一能释放心情的物件。

　　我记得，那是一个黄昏。确切地说，是傍晚，城市的灯光已经照亮了夜的每一个角落。

　　走在闷热的街头，周身像裹了一层厚厚的灰尘，极不舒心。看了看挂在一堵高墙上的时钟，是十点整，那时针慢悠悠地旋转着，怎么看都像一只蚂蚁，在夜的不安里徘徊。

　　小城是我的故居，一直都很少离开，即使曾经有那么一段日子远离过，但心里，始终把它当着我唯一的归宿。这个秋热的夜，很不寂静，穿梭的车辆多得有点厌烦。

　　高温的日子，看见亮光就觉得特别刺眼。不，是刺心，好像热气穿透了心脏，全身的毛孔都拥挤着向外冒水。我坚持着在灯火辉煌的街灯下急走。是的，是急走，不是漫步，那个时候，我只想逃离，越快越好。

终于，寻得一块空地。确切地说，是一块新开发区还没有被开发的稻田。

已经很久没有闻到稻谷的清香了，记忆里应该是在小时候吧。而今夜，我有点贪婪这种味道。听风声，蛙声，还有蛐蛐声……而主要是稻谷成熟的声音吱吱作响，我惊奇自己的心也像一粒种子，在暗夜光影的诱惑下，蠢蠢欲动。

路旁还有草木花树，这也是夜里的一道风景，相比那些生长在喧哗都市的花草，它们舒服多了。

秋天，很多植物不再开花。树影摇曳下，多了一些幻境。有亮光穿过枝丫，不再茂盛的树叶显得有点稀疏。那是不远处建筑高塔斜射过来的光影，有点惨淡和散乱，我心里担心着，但愿这一片清宁之地不会被喧哗覆盖。

这个夜，这样的环境，不再有热气追我。心思有点儿轻飘飘，像夜晚路灯下的飞蛾，只想将翅膀使劲地煽动，往光亮飞去，像爱情，飞蛾扑火，不惊艳、不妖娆，就算归属是墓地，也不死心。

今夜，千里之外，似有梵音传来，所有的流离失所都在归一。夜风里，我的心安分得像一头绵羊，似有无数的光阴穿越，极不寻常。

秋，已经丰盈，我在期待落雨，来缓解这尘埃的累积，还有内心的热度，需要滋润。

我知道，我只是需要一场雨，什么都不奢求。那些灯红酒绿，繁华璀璨，都不允许它们玷污我的心有所属。此时，我惦记一些光阴，惦记一些事，一些人，还有一些被隔离了的风景。

是的，是被光阴隔离了，我恼火自己浪费了那么多的时光，而今夜，我都有所反省。

是夜，渐深。近处有蛙声传来，带着尘土的气息，安抚这不同寻常的夜。远处，都市的霓虹灯越来越刺眼，但经过这夜气的稀释，总归是变得平淡，没了一点尘味，只是模糊得视线朦胧，像很远的那一场往事，不再刺心。

　　这个秋季，炎热中，感觉极不寻常。我期待，明天应该有雨来至，最好把所有的往事全都打湿。

把每一场相逢当成最美的邂逅

　　夏走的那个早上，我站在阳台，看着窗前的茉莉花，幽绿得心都像长出了青草。

　　都知道，我是一个爱花的女子，无论什么季节来临，只要有花的地方，就有我的出现。尤其是素白素白的那些花儿，每一朵，每一束，在我的眼里，都美得炫目。

　　我知道秋天来了，我的心也该安稳了。只是那一刻，内心有几许惆然。原因归于前几天的一件事。

　　一天早起后，去了市场。最喜欢那些青绿得滴水的菜叶，尽管有时候不买（因为很多时候吃不了那么多），也会将目光停留在那些瓜果蔬菜上，恋恋不舍。

　　路过集市的最后一个巷口，看见一个卖鸟的摊位。一个精致的小铁笼吸引了我，里面是一只叫不上名的小鸟，那小鸟颜色深褐，嘴角是红色，全身的羽毛光滑，很乖巧的模样甚是惹人怜爱，小贩说那是"相思鸟"。

　　"相思鸟"，这个名字听得我陡然一惊。

　　不善养鸟的我毫不犹豫买下了这只雀鸟。我不知道什么原因会这样冲动，也许是因为这名字很早以前听过，只是未见其物。或许是因为一个人，很早以前他向我提及过。

　　因为这只相思雀，我特地去买了鸟食，买了挂在鸟笼上逗鸟儿欢喜的小饰品，还把阳台清理了一遍又一遍，害怕有不干净的杂物惊扰它的安宁。这相思雀真的乖巧，不时在笼子里跳来跳去，上下飞动，时不时用嘴来碰触我接近笼子的手指，那模样惹人疼爱死了。我闲时没事都会来到它的笼旁，为它喂食加水，看着它的一举一动，全是满眼的欢喜和爱意。

第三天早上，我再次来到鸟笼前，发现铁笼里面空荡荡的，那铁门开着，只是不见了相思雀。我手忙脚乱地找寻，阳台，厨房，卧室，整个屋内的最可能隐蔽的地方，我都找遍了，还是不见相思雀的影子。那时，心慌得像被什么堵住，难受得心隐隐疼痛，一连几天睡不好觉，都在为那件事后悔而担忧。后来朋友告诉我，相思雀故名"相思"，得养一对，单一的一只就是你继续养下去，也会因为孤单而死。

那一刻，我知道有的东西是可遇而不可求的。好比人的感情，即使你的心思累积了很厚的情感，那也只是你一个人的事，不必说与他人知道。你只需用真情对待一场缘分，不管是否有收获，都是你生活里最美的相遇。

养鸟我无缘，我还是养花吧。

那件事后，我觉得对不起那相思雀，辜负了那份感情，每次看见空空的阳台，都内疚的要死，都怪自己大意了没有关好笼门。我知道这辈子也许再也不会养鸟了，知道自己养不好它们，就让这份感情掩藏在心里。

后一天，我又去一趟花店，买了几盆花草填补在空缺处，免得触景生情。又新增了一盆茉莉花，这个季节也只有茉莉最为赏心悦目。

对待事物，无论花鸟也好，人也罢，经历什么，发生了什么，都会有一份情感搁置在心里。

喜欢这样一句话："爱一个人，爱到七分就够了，还有三分要留着爱自己。爱太满了，对他，或对它而言不是幸福，而是负担。"

人生，总有一处风景，储藏在你记忆里的某个角落，不关乎时间、地点，不管过去多少日，多少年。其实，有的东西不在乎结果，只在于过程。比如每一场相逢，遇见就是缘分。

阆中古城

我是一个恋旧的女子，所以，在我的记忆里，一直相信有前世。

至于来世，我没怎么想，那是太遥远的事了。和他说出这句话时，我的心有着隐隐的疼痛，而那痛毫无止境地蔓延。

我知道，应该没有前生来世。如若有，我相信我的前生一定是在一个青砖高墙的院落，有着木头结构的古式小院，还有围栏雕花，青瓦白墙，还有一些似是而非的相思错觉，那里一定有我深爱的人。

一直想去阆中古城（阆中古城位于四川东北部、嘉陵江中游），想了很久很久。去古城的路上有一种欣喜在心里温藏，像是赴一场相逢，而这约定就是前世定下来的。梦里，经常出现一座古色古香的精致小院，那情景很模糊，很古旧，但却很熟悉，我感觉一定是我前世待过的地方，一定是。

见到古城的那一刻，我的心立马就被牵住了。是的，就是这个地方，就是我梦里的样子，就是那些熟悉的古旧气味，很浓很浓，那气息瞬间就止住了血脉的流窜，不再感觉那么遥远。

我庆幸这次决定没有错，我欣喜这场相逢，有着走回前世的感觉。

顾不上晕车的疲惫，我爬上古城最高的观光楼。出现在我眼前的是一片低低的古式老宅，那些小巷四通八达，整齐有序，一直绵延至水色岸边。古朴的建筑，氤氲着古老的旧味。那一刻的欢喜与遇见，除了激动，还有潮湿在眼角溢出。

整个古城全是老宅，每条小巷连接有序，整洁而雅致。那些青砖白墙，紫铜色的木式结构一直都保留着几百年前的旧味。小院连着小院，木头挨着木头，那些雕花，那些灯笼，那些花式，那充满迷离的幻境，我怀疑自己真的穿越到前世了。

放眼看去，青灰白墙的明清建筑，不知道经历了多少年风雨的洗礼，明显有脱落的痕迹，说不清有几百年。只是陈旧的古味在我的血液里蔓延，又浓又深。阳光下的古城，多了一层惊艳的美丽，处处都显示着这座旧城的繁华与兴旺。窄窄的小巷深处，脚下全都是刻满斑驳岁月的石板，条条相交。两旁是深紫色的小木楼，每一扇门，每一个店铺，都汇集了古朴与前朝的味道。还有那些精致的小红灯笼，一直延伸至清澈的嘉陵江河畔。

离开观光楼，步入一个小宅，里面的摆设顿时让我惊讶，一股淡淡的清香直扑鼻孔。院子里全都是深红色的木式结构，那香味就是从小院的花草中散发出的，直叫人心醉。深红木家具上的细小花纹精致无比，从马头墙上斜射过来的阳光给这旧景越发染上迷离的色彩。我的眼前漾起了幻觉——一个身着古装的女子悠悠地穿过庭前，再缓缓迈进左侧的后院。

后院的小天井被院墙葱郁的树影遮掩了一半多，即便是夏天的六月，都有一层清凉蔓延。这凉意感觉有一种寂寞的气息在体内游动，带着束缚。这种气味，让我感知到旧时女子的孤单和寂寞，真的。可想而知，每天都穿梭在这深幽的老宅里，庭前，厨房，再回小楼，而后年复一年，日复一日，倚着门窗看外面，那寂寞便是一种深凉，一种潜藏在骨子里的孤独。这场景让我看见了前世的自己，幽暗的庭院，雕花的门槛就是禁地。我除了等待，还是等待，等待那个与我有缘的男子，那又能如何？

古城，这饱经风霜的老宅，让我看见几百年前的风貌。

旁边有一家字画店，文字于我是一种毒。中国的文化由远古到现今都有着悠久的历史成就，这里的字画，处处散发着墨香。走进老旧的院落，有古朴的墨纸香薰。褐色的门窗上了刻满了精致的花纹，文房四宝，紫色轩窗，古意浓浓。我能想象得出，前世的文人墨客在此吟诗作画，畅谈于怀。再或是有才子佳人在此私定终身，以诗传情。

"那一世，你是策马而来的归人，牵了我的红绳，从此许下世世相依，生生相许。

这一世，我转山转水寻你来此，只因你的许诺，且寻一程不归期，把情留梦里。"

古色的院子，越发勾起我对前世的眷恋，这种感觉有点难受，似乎是相思的味道，一切都那么熟悉。四角低垂的屋檐，青纱帘子微微晃动的后面，我仿佛看见一位手持罗扇、面带愁容的女子，在深重的夜色里思念她的情人。那女子该是我的前生吗？前生今世，今夕他又在何处？今夕，他是否感知到我泪眼婆娑的相思？

寻着这些气味，我穿梭在每条小巷。东街，西巷，码头，古城的每一个角落，我搜寻着那些跟梦境相似的地方，一直脚不停息。

那些店铺，那些字画，那些小饰品，小玩意，琳琅满目，数不胜数。还有那些看着就流口水的小吃，直接诱惑我的胃。

阆中最出名的特色食品有保宁醋、白糖蒸馍、热凉面和张飞牛肉，远近闻名，是古城最出名的四大绝品了。保宁醋，四海飘香，有人曾赞誉其"离开保宁醋，川菜无客顾"；白糖蒸馍，加白糖桂花做成蒸馍，其味香甜，色白如雪，口感绵软，回程的路上朋友来电还特别提醒我不要忘记带回蒸馍；热凉面，可谓风味独具、特色鲜明，满满的一碗面食上，有芝麻，辣油，一撮脆生生的韭菜和芫荽末撒在面上，即使不沾面食的人也胃口大开；最后的便是张飞牛肉，传统美味之一，色、香、味佳。因肉干而不硬，润而不软，外黑内红，故称"张飞牛肉"。那些色香味俱的独特食品，至今都令我回味。

古城的傍晚美得出奇，当天边最后一丝云彩遮住阳光，那深色的夕辉给整个古城镀上了一层金黄。

顺着巷口一直走到嘉陵江河畔，这是阆中黄昏游人最休闲的去处，江边风景怡人，微风轻摇。当清澈的河水哗哗地冲洗两岸的尘烟，这个古城就拉开了夜幕。

我选择了游人最少的地方落脚，因为喜欢独处，我怕太多人的地方惊走那份安静和幕色的诗意。

黄昏落下，夕辉里，喧哗的热气渐渐消散，清澈的河水在微风吹拂下泛起阵阵清凉。西边，太阳像一个红红的圆球挂在天上，早已收敛了强炙的光芒。东边，半弯月亮也爬了上来。夕阳西下，月影缓移，给古城的美景增添了无限遐想的诗意。

傍晚终于临近。我没有住进酒店，而是刻意找了一家客栈住下。我知道那些繁华的都市不再适合我此时的心境，我只想找一处贴近心的地方，安抚我的疲惫，让我与心靠得再近一些。

客栈的摆设都近乎旧时的居家简朴。雕花的门窗上挂着一长串一长串的细小珠帘。碎花布帘后的小卧室干净得空气似乎都落地有声，很是雅致。与那些豪华的酒店相比，我更愿意接近这带着烟火浓浓的清雅小院。

夜晚很安静，当月光透过云层窥视窗缝的瞬间，我听见不远处有笛声传入，我确定那是一个男子在吹笛子。那笛声委婉低沉，有些哀愁，像是在向恋人倾诉相思。我立在窗前不能动弹，那声音像隔着几百年的光阴触及我的心房。那个夜晚，我做了很长的梦，梦见我的前世，一个俊朗的男子牵走我的手，一直向前走，一直……

落在夏天的雪花

最安静的地方，我想是在梦里。如若，要我选择一处让心可以安放的场所，那么我希望这场梦一直继续，又深又浓，没有止境。

那个夜晚，我做梦了。

我有个习惯，睡觉前喜欢听音乐，戴上耳机把音量调到最低。然后，然后闭上眼睛静静地享受……

我梦见满地的雪花，真的，白皑皑的，遍地都是，枝丫上，马路边，房顶上，全都是白色，但我不觉得冷，一点儿也不。

我奇怪极了，这是夏天呀，夏天怎么会飞雪，我自言自语。空旷的坝上没有回音，伸手去接了一朵又一朵，看着那些小精灵在我的掌心慢慢化成水，很清凉，柔软，像似钻进了骨髓……

我只记得有一只宽厚的手，拉我一直向前走，不说话，一直向前。只可惜我看不清他的模样，只看见一个背影，很模糊。

我知道是那晚熬夜的原因，很晚了还不曾入睡，索性戴上耳机。或许最后一首是关于雪花的音乐，就那么迷迷糊糊把我拉入了梦境，很是缠绵，至今还在回味。

早起，手机闹铃把我惊醒。还有一些困，不想起床，可该死的铃声一直不停，不能埋怨它，是我自己设置的，赶紧起床，漱口，收拾自己，准备上山锻炼。这个夏天是我跟自己定制的生活习惯，那就是身体是本钱，我得对自己好一点。

昨夜，下了雨，空气很是舒适。山上行人不是很多，因为天空还时不时飘落几丝雨。选一条细窄的小路，耳机有轻音乐回旋，心温柔得跟雨水一样，脚下轻飘飘的，像踩着棉花。不，像那夜的雪花，很柔。

随手点开手机页面，是一个熟悉的影子，就像那晚的人影。几乎每时都会看，一直不曾遗落曾经的每个细节。此时的空气是暧昧的，有暖流在体内延伸。

这个夏天，一直不曾瘦，尽管每天锻炼，吃的很少。我恼火自己身上肉细胞这么顽强，嫉妒在我身边转来转去的那几个瘦女人，她们调侃我"性感"，我恨不得揪下身上的肉砸在她们的脸上，让她们"得意忘形"去。

发了照片给你，你说，减什么肥，那是福气。我生气你不会说话，你赶紧加一句，羡慕别人干嘛，也许很多人也在羡慕你，那一刻，自信心又上来了。

山上很寂静，偶尔有几声鸟鸣。站在空旷里，不断有清香进入鼻孔，那是露珠合着草木的味道，很黏人。此时，我想说话，很多很多话在喉咙打转，可是，你听不见。

我开始怀念曾经的日子了，那些时光是温柔的。

你说，回不去了。我点头，是的，是回不去了。除非时光倒流，可是不会有这样的意外发生的。上天不会眷顾我们，哪怕再深的感情也感动不了上帝。你说我任性，很快就会把你忘记，也许吧，我也这样想。可是，做得到吗？

翻开日历，七夕又快来了。一年有多少个节日，我从不管这些，但是七夕这个日子我不会忘记。

傍晚，一个人去散步，总以为有一处灯火会挽留我的脚步。我选择最偏僻的地方，我知道，我需要的是安静。我知道，没有繁杂的地方，才足够安慰我的孤独。可思念四处蔓延，无处可逃。而我，就像一个游魂，继续在夜里行走。

灯火辉煌，孤独人在行走，没有你的语言，很失落。

我想起了仓央嘉措的几句词，借他的字改改："好多些时日，你一直在我的伤口中幽居，我放下过所有，却从未放下过你，我生命中的千山万水，任你一一告别。"

"告别"，这两个字读来很痛，真的，像针尖扎一样。你随时的几句话足可以伤断筋骨。

原谅我的任性，我只想我们都幸福。

灯火暗了，我又想起那场梦，那场雪。不知今晚梦里是否还有你相陪，是否还有雪花临摹。

我确信，一定是你，一定。

陪伴是最长情的告白

七月，骄阳似火。小城的气温越来越高。

从重庆回来，心情一直很疲惫。不知道是夏的湿度太过膨胀，还是这个季节本身就让人没有底气。一直不喜欢夏天，这是我的病，无论这个季节有多么风情，都不怎么讨我欢喜。

烦躁的天，我还是期待有雨，对雨的滋润有太多的依恋。或许我是一个缺乏耐心的女子，总不能让心在这个喧哗的尘世里静下来，于是，所有惆怅和纠结都跑出来纠缠我不安分的心。

看着书桌上才出版不久的文集《流过的泪是爱过的证明》，那一刻，内心泛起酸酸的滋味，有点凌乱。忍住没有让眼眶湿润，努力将想窜出来的意念往回硬挤了进去。窗外是阴天，闷得人想逃离。

七月，这个让情绪膨胀又疯狂的月份，不敢有太多的胡思乱想。

多年唯一的爱好写文、码字，每天必须面对手机和电脑的情况下，让视力下降了很多。于是，今年习惯了早睡早起，喜欢上爬山、摄影、出游。我喜欢这样一句话："人，需要在安静的环境里，才可以体会生活带给我们的乐趣，不管喜与悲，苦与乐"。认同，就证明自己在实践和历练的环境里对生活有更一步的认识。

不再熬夜，身体是自己的，我得对自己负责，别人帮不了你。

早起，推开窗户就可以闻到新鲜的空气和花香鸟语。那时候的感觉是，活着真好，活着，就能证明自身的价值。世界这么美，生活的些许烦杂和忧患又算得了什么，还有什么不能让心安分守己。

去山上看日出，那空气有多新鲜，霞光有多耀眼，那个时候只有天上的云彩和自己的心知道，别人都不会懂。看花喜花，那是女子的通病，不喜欢花的女子怎么会是一个温柔多情的女人。雨天淋雨，那是我最喜欢做的事，因为很多心事我只能在雨里释放，包括内心深处的小秘密。

闲时听音乐，还是喜欢比较伤感的曲调，我觉得欢快的乐曲不适合我的性格，尽管我的血管里流淌着不安分的血液，以及我川女子的火辣情感。但我还是喜欢低沉而忧虑的音符，它们能引诱起我内心的共鸣。

看电视剧《后宫》，听到那段"琵琶茶杯箫三奏"的纯音乐时，我的心陡然被什么东西碰撞了一下。那琴音，那味道，那充满哀怨和惆怅的调子，听得我心硬生生疼痛。我捂住胸口，一直循环着播放，怎么可以让自己这么迷恋呢？是因为触及了内心了吗？我不能说，我怕自己眼眶湿润，怕自己内心又不安宁。这唱得人喉咙哽咽的曲意他怎么能懂得。

黄昏，我去看日落。山上的行人很多，一伙一伙的，特别的烦杂。

女人们穿得极其诱惑，因为天气闷热，没有风，空气里的尘埃就放肆地堆积，让心情直接受到打击。所以，我讨厌夏天，尽管有时候很风情，我还是不喜欢。

天空，有孤独的云彩停留，就只有一朵。一朵就显得孤独了。

隐隐的夕辉下，人群也显得孤独，还有傍晚的山和水，也包括我，孤独得要命，是因为黑夜来临吗？其实，孤独有时候真的好。这种孤独，没有体会过的人，是不会知晓孤独里更深层的意义。

暗影浮动，夜幕下的景色尤其妖娆。突然感觉人生的里程中，有花，有雨，有阳光，还有想念。即便是没有惊天动地的爱情发生，这样的日子慢慢地游走，也是一种幸福。

小城，多于安静，我喜欢这样的生活。

一个人出走，一个人看风景，一个人在自己的世界里爱着，恋着，回想着，与他人无关，多好。其实，有的感情，不管念与不念，想与不想，这些都不重要。重要的是，今生的日子里，选一程自己喜欢的风景，陪着自己喜欢的人，足够。

夜里，有雨落下。那雨声极其清脆，像在敲击心门，一滴一滴浸下。我贪婪地听着，像一个人的脚步声走近，又像一首雨夜的音符，合着枕边的音乐在午夜里回旋……

安静的时光里，夜的温柔那样缠绵。只因有雨，只因有你，只因有岁月不老的光阴，我更愿意在这样简单而舒适的日子里，感受生活赐予的美。陪着吧！就这样一直走，就这样什么也不说，一直到老，多好。

终于，睡意来袭。渐渐地，眼角的湿润遮住了睫毛，合拢了眼帘。

我枕着熟悉的气息入眠。

对自己好一点别人才会对你好

一转眼，五月的光阴又画上一个简洁的句点。

那句点代表什么，想明白了，就是结束，想不明白，就是对自己的怠慢和不负责任。

接到闺友的电话，叫我陪她上街购物，那语气有点不温柔，带着发泄的成分，好像只有购物才能发泄她心里的不舒服。我比较理解她的心情，准是和老公又发生冷战了。

我毫不犹豫地答应。这几天脑子一片空白，像一架生锈的机器，怎么转动都不灵活，敲出的文字个个干瘪得像失去水分的老妇人，没有一点姿色可以让人"耳目一新"。

友恨恨地说："为什么女人就得依靠男人，我不相信离开了男人就不能活了。"

我点了点头说："你终于想明白了，不过现在还来得及，等你有一天发现来不及了，一切都晚了。"

密友是一个性格比较直的女人，不怎么掩饰自己的情绪，尤其在我面前。她总说，我懂她，懂她的心情，知道轻重，知道该说的，不该说的，反正在她眼里，我就是她的录音机，不会出卖她，也不会笑话她。其实，她就是一个简单的女人，没有心机，我喜欢和这样人的相处，哪怕天天牢骚，我也洗耳恭听。

　　和友认识也有几年时间了。那时候她还在做服装生意，我也是在一次进货的途中认识她的。那晚，我晕车，特别厉害，看见我很难受，她从包里拿出准备的晕车药，倒好水让我吃下，嘴里还念念地说道："下次出门记得预备晕车药，一个人在外不容易，女人就得对自己好一点，没人关心的时候，就得自己多关心自己，自己好比什么都好。"

　　听她唠叨了一堆话，当时就感动得我一塌糊涂。回程的路上，又是同一趟车，那一次聊得比较投机，有点"相见恨晚"的感觉。

　　她老公是做房产生意的，那几年，东奔西跑挣了不少银子，在老公的唆使下，她把店门转让了，做了一个家庭主妇，贤妻良母。

　　这样的日子确实让她懒散了许多，孩子有公婆照看，每天没事就去打牌，有时间陪老公去应酬朋友，喝喝酒唱唱歌，日子过得还蛮消遣，根本不用操心其他。

　　很多时候，没事就来我这里，那时，我也开着一家女人坊，她时不时带朋友来转转，也帮我招揽生意，聊一下无关紧要的闲话。

　　晚上，没事就找我陪她吃火锅，喝啤酒。当然很多次都是她买单。她说："有钱的时候就得任性，才能显示年轻的资本。等到哪天没钱了，人也老得没劲了，想任性都没有机会了。"我一直记得她说这句话时，那个自信得有点张狂的模样。

　　每次喝酒后，我都后悔，因为我酒精过敏，即使啤酒的酒精度不高，也会让我晕乎半天。记得一次喝多了，拿起手机在微信里给一个朋友发语音，我从来没有给他语音过，那是第一次，尽管认识了那么久，也听他说了无数次。当时那酒劲就那么上来了，傻乎乎，语无伦次的"胡言乱语"，惹得他在那边担心我是不是出事了。

　　我朋友不是很多，但总有说得来的几个，友就是那种让人放心的女人，不会给人来带麻烦，还得每次帮我善后。

　　她跟我说，她后悔了，后悔当初做了"闲人"，这么几年来，以前的那些冲劲让时间洗刷得荡然无存。加之今年经济下滑，各行各业的投资都不好做。他老公的房地产资金全都被冻结在那里，亏得血本无归。本来日子过得就不顺心，没什么事做，老公又喜欢打牌，整天就是在外面吃喝赌，一些鸡毛蒜皮的事情都会牵扯起两人之间的很多矛盾。

听她说了这些，也为她难受。当初，那么自信的女人，也会过今天这样的日子。

其实，男人再怎么好，女人都不能依靠男人，闲话说，"依靠一时可以，但不能依靠别人一辈子"。生活，无论贫穷或富贵，都不要失去自身的价值。最主要的，自己好，才是真的好。

说实话，当初她决定做"闲人"，我是不赞成的，只是那时候她被"幸福"膨胀了心智，被爱情冲昏了头脑。总以为老公就是她一辈子的依靠，一辈子的寄托。

有时，人只看见眼前的幸福，而忘记了以后的日子里那些"风吹草动，磕磕绊绊"。幸福与自身的价值是并存的，希望越大，失望就越大。依赖与沉迷共存，太失去自我，终会丧失自己。

后来，在朋友和我的鼓励下，她开了一家不是很大，但挺雅致的水吧，有音乐，有柔和的灯光，可以看书，喝咖啡，品茶，进门就可以感受到浓厚的清雅气息，是一个人累了时休闲放松的好去处。

昨晚，我又去了她那里，悠扬的琴音连我都有点迷失。她老公也在那里帮忙，一脸的笑意，谦虚而诚恳，再也不是那种只有一身铜臭味的男人了。

生活就是这样，有付出，就会有收获。人生经不起浪费，如果你贬低了自己的价值，在别人眼里就什么都不是了。

女人，总归得对自己好一点。能自己好，在你的眼里，全世界都好，包括婚姻，包括爱情，包括你身边的人和事。对于幸福而言，那些都不是问题。

雨湿枝头，柳绿古镇

又是一年雨季，雨水多得像要内心膨胀，到处湿漉漉的，包括人心。困在房间的感觉，像是空气都被雨湿得精透，闷得人心慌。

窗外，雨丝纷飞，嘀嗒嘀嗒的雨声像一首缓慢的音乐与心境不约而合。这个时候的雨，多了一些诱惑。我索性掩了门，换上一身休闲衣衫，随手拿上一把雨伞向雨里走去。

我的故乡——蓬安，四川南充的一个小城，处于嘉陵江中段，很多年前也叫蓬州。虽不及江南苏州，名扬天下，风景秀丽。但在我的印象里，它一直都是最美、最值得热爱的故居。

单不说柳绿花红，季节常春，景色如何如何……就一个"周子古镇""嘉陵第一桑梓""龙角山风景区"已足以迷惑到此一行的游客。至于新建的滨河公园、湿地公园、白牛渡江等……硬是吸引了很多来这里观光游人的视线。

古镇是我经常来的地方，也最喜欢这里的气息。走在小巷深处，一种回旧的意境油然而生，我喜欢这里的古朴，这里的旧味，这里木头结构的老式房屋。还有低垂的屋檐下那一排排小红灯笼，有点梦游前朝的味道。

在蓬州，这里是最古老的街道。

小巷两边的木板房略显陈旧。雨，洗去了昔日的灰尘，有斑驳的痕迹显露。小雨轻飘，湿了两旁灰白旧墙，也湿了屋檐上的雕花。窄窄的小街，褐色且木质结构的小木房，有浓浓的古味。低垂的屋檐下，小灯笼随风轻摇，还有那些写满繁体字的布幌子，那气息，那画面，沾满了旧时的影子。我仿佛走进时光重返的隧道，像走进几百年前的故居。

石阶一级一级，很陈旧，岁月沧桑的印痕昭示了它们历史的悠久。石梯旁有一棵古树，尽管时光的年轮不知在它的身上画下多少个圈，但依旧枝干粗实，树叶葱绿葱绿。繁盛的绿叶高过所有的楼角，围栏长廊在上百年老树的映衬下，显得古朴又不失尘味。

这里也曾叫红军街，听老一辈说，解放初期，红四方面军曾路过这条古老的街道，至今还保留着他们留下的遗址。

在现代化的高楼大厦中，只有老街还保留着最原始、最古老的文化遗迹。它像一个旧时的女子，散发着古朴的气息，虽没有现代女子的芳华靓丽，却有着历经风霜的饱满与从容，极具风姿和韵味。其实，女人的美不是靠姿色来拉拢人心，有内涵有素质的女人才更吸引人。老街就是这样的一位女子，它是繁华都市里最让人舒心的一道风景，让来来往往的人们，记住什么才是最美。

雨声一滴一滴，像是穿越，思绪便进入无限的遐想。随意走进一家门牌上刻着"字画"的店铺，古董架上满是琳琅的书籍和精致的小玩意，还有古式的钱币，那光阴里流淌着古旧的气味。随手翻开了一本布面料精装的《红楼梦》，我便闻到了书里那些女子的香气，是的，是女子的体香。书中琴音流转，而女子则衣衫飘逸，楚楚生情。

终究是女子，我还是贪恋那些带着纯香味，而又有女儿香的精致素色花式。喜欢一个青花白底的花瓶，图案细腻小巧，瓶中插了一枝淡青色的干花，捧在手上有一股幽幽的香味直窜鼻孔，那花和乖巧的花瓶很相衬。我惊叹店主的精心布置，这店内有一股迷离的气息，幽兰若梦，帘珠儿晃动着，心仿若回到了旧时，进来就不想离去。

捧着花瓶一直不舍得离开，此时，我只想待在这老旧的光阴里，邀约我的旧人，捡拾一些那年那月那风景里的故事。

墙上的一幅字吸引了我的视线，"一生一代一双人，争教两处销魂"。我知道这是清代诗词家纳兰性德《画堂春》里的前两句。这字龙飞凤舞，足以衬托出这家店浓浓的书香气息。我也喜欢纳兰的诗词，读他的诗有一种感伤在骨子里潜藏。爱情就是一场痛与乐、思与念的结合，没有经历过痛苦的思念，又怎能知晓爱情的甘甜。

走出店门，屋檐的一滴雨落在我的脸庞，惊醒了我晃悠的心。古巷里，各色的小吃引起了我的食欲，这里的姚麻花、曹氏豆干最为出名，每次来，我都会捎上一小袋带回家。还有一些叫不上名的地方特产，那样式，那风味，色香味俱，连精致的小碟都让人贪恋。每每到此一走，我的胃全都背叛了节食的意愿。

拐进爱莲池，老远就听见有流水的声音传入耳里，顿觉有清凉在体内延伸。小池中间有幽静的凉亭，有别致的荷花池，池边有假山，还有S字型的围栏走廊。那水是从假山的出口处流出，落至清澈的荷花池里，四处飞溅，激起一层层小浪花。一边走一边轻闻，幽香淡淡，袭人心扉，那香味是围栏上的金银花香，这香味我特别喜欢，米白色的小碎花，幽浓幽浓，有摄人心魂的迷醉。这个不是很大的别致小院，却给人一种世外桃源的感觉，心生迷醉。

池塘里的荷花最吸引视线。都说荷花开在六月，而此时，池中小脸盆大的绿叶上有很多粉红色的花蕾，有半开的，全开的，很是妖娆，像一位位略施粉黛的女子，在雨丝飘飞的池面婷婷起舞。我对荷花不是很了解，但这个时候开的荷花确实引起了我的好奇。稠密的雨丝落在水面，有鱼儿游动的身影，青的白，红的绿，再加上清澈见底的池水，这情景美得销魂。

优雅的环境，暗香浮动，视觉之外，我恍惚的同时，才知晓原来光阴老去的年华里，那些名和利都是浮云。心越发的变得淡薄，此时，眼里只有一朵花，一溪水，一尾鱼，一些片刻的安逸和宁静。

旧时光是一贴花

五月一到，很多花都散落了，落成了果实，落成了青绿，落成了我想要的颜色。

而蔷薇，它是这个季节的皇后。

那绿啊、花呀，靓得惊人，似有无数小虫子在体内游动，诱得人心都怀疑视觉出现了问题。这个季节，只有蔷薇花最为妖娆，它们出现在哪里，那个地方就成了花园，成了惹眼的景物，不管一朵、两朵、三朵……连枯木的栅栏都活了。其实，那栅栏就是专等它们来缠绕，那一绕，就绕出了风情，绕出了恋情，绕得人心泛滥，不多情也得多情。

我认为蔷薇花是俗气的，俗得有点不像样，以前很少正眼看它，而今连这俗气的花也招惹了我，想必，我的心也变得俗气了，连同那些小心思，也俗不可耐。

温度一暖，光阴就温柔得滴水，就连那些不起眼的小野花、小杂草、小柳条，都来沾惹视线。比如蒲公英、满天星、狗尾巴草……也开始跟着矫情起来。尤其是那些蔷薇啊，一个个像妖精，争先恐后地掠夺时光，挑战枝头的葱绿。

蔷薇知道它们的花期不长，所以开起来就不要命。那架势，过分形容它们一点，有点排山倒海，奋不顾身。仿佛五月就是它们的王国，别的花只能算是陪衬，只能远远偷窥它们的妖娆，在那里暗自嫉妒恨。

　　说它们不要命地开，还真有点过分。不过，如果是女子，我倒欣赏这种精神。我觉得做女人应该像蔷薇，蔷薇的花期就像女人的青春那样短暂，若不能在有限的时间好好绽放自己，那么"青春"二字还有什么意义。

　　蔷薇知道，只有五月，也只有五月属于它们。所以积压几个季节的爆发力终于释放了，一开就开得彻底、开得张扬、开得没心没肺。我不想用它们的声势来形容爱情，但这也跟一场爱情可以媲美。爱情有多张扬，它们就有多美。爱情有多少分量，它们就有多少分量，毫不夸张地说，蔷薇的花期就是一种另类。

　　不知道蔷薇有多少种颜色，但在我的眼里，那粉、那红、那白已经潜入心，我不能把握住自己了，连仅有的一点私情都被它们掠走。甚至一些隐藏在心里的小秘密都容易被诱惑出来，让它们讥笑我的柔弱。爱情于我是痴的，哪怕没人理解，没人懂得，没人把它放在心里，那也是一场注定的劫数。

　　五月，一切浓得没有底线。

　　如这场花期，青如墨，花如魂，绿如诗，走到哪里，都可以陷进去。而那些风，也生性风流，处处留情，无论吹到什么角落，都可以风情四散，暧昧得人心柔软无力。

　　这个时候，没有什么比得过这季花期的繁盛了。在我的记忆里，我一直排斥这妖艳过分的花。而今，也被它勾引走了魂，没了主见。那粉的白，红的妖，像春天初来的花絮，让人心惊，不知不觉沉沦下去。如何得了，如何不动心，如何不深情。

　　礼拜日去了一趟市里，路过一幢别墅的院墙，那蔷薇的姿色至今还恋恋不忘。那院墙很高，这家主人也真是小气，深怕有人偷走了那些花枝。那时候我真嫌弃自己不够高，也埋怨这家主人的不是。那蔷薇也真够妖艳，满墙都是，铺天盖地的声势惊讶了众人的眼球，惹得路人想入非非。

　　站在围墙下，那个时候的光阴美得过分，日光慢慢地散发，红白间的大朵小朵，在暧昧的气息里滋生出一层层幻境。满围墙，满藤条，满院子，都是满满的，这香有点过分，有点痴，有点醉，带着迷离的成分，连整个嗅觉都被俘虏，

　　回家的路上，多少有一些遗憾，我终没能如愿以偿。也许有的东西远远看一眼就好，如若我把它摘下，就真的糟蹋了那些脆弱的小生命，那才是罪过。

　　那道围墙，那条小巷，我曾在那里遇见最心动的情感。多年记起后，也许，那时花开那时景，那时光阴那时人，我曾经心动过，也曾经爱过，也不枉走过一回。

　　世间情感，唯有真情不可辜负，唯有走过的日程里一些被时光淘洗成灰白的记忆，不可遗忘。

　　哪怕日久天长，光阴薄弱，且忆起，依旧可以暧昧生香。

梦里花开

一直喜欢栀子花，在所有的花族中，它是我内心的风景。

不管过去多少年，经过多少光阴的淘洗，那些素素白白的花朵，一直都是这样的感觉，百看不倦，百闻不厌。

栀子花，在我的眼里一直都视它为情花，不管它开得多孤傲，都是我最想亲近的花儿。白得饱满的花瓣近乎不染尘烟，孤洁的样子妙曼、飘逸，仿若一不食人间烟火的女子。她香，由内心而发，温润而不失清雅，处处诱惑着人心。

四月过了，五月是栀子花最温馨的时节。

家里一直养着这可心的花，每天早起第一件事就是推开窗，看花叶葱绿得不像样子，勾引着我的视线。慢慢地浇水，让她们喝足，我是害怕枯萎的，不然，看见萎萎的样子，我心又得痛了。

有感情的东西总是将心牵动。像爱情，像花絮，像雨露，还有许多许多的小精灵在内心砰砰疯长。不是吗？喜欢就喜欢了，爱了，就把这份情装在心里。你以为是假的，触即痛的时候，就知道是真的了。是真的啊，才知道那是五百年前的感情又回来了。

原以为，邂逅一份缘需要很多年，不经意，又碰了一个正着。栀子花就是我前世的缘。

早几年听何炅唱的《栀子花开》，唱得那么低调，一点也没有唱出我想要的那种味，所以我不喜欢。在我的意识里，栀子花的美超然脱俗，绝不单调绝不生闷。

人间善美都是饱满的，那些洁白的花朵，如雪般柔软干净。生活，是一种向往，能一尘不染的东西才是对生活的一种追求，一种期待。好比栀子花，在我的眼里，干净得脱俗。

又快到栀子花开的季节了。

内心又怦怦乱跳，我知道是那些花，是那些花勾引我的心蠢蠢欲动。

龙角山是我经常早起去的地方，那里的空气说不出的新鲜。每到这个时节，只要有机会，我都会爬上四百五十八个台阶，当然，不止是呼吸空气，那里的花草树木，绿得透心。还有这个季节的栀子花，半山腰那一片片葱绿，才最为惹心。

是的，惹心极了，因为又到了素白素白的时节。

那一朵朵柔得勾引心事的情花，又悲情又惆然。清寂之外的幽香，自有一种钻进骨髓的东西，在记忆里悠长……

一个影子在心里浮动，还有另一个自己，那是光影里撵不走的记忆，与自己纠缠又纠缠，缠绵又缠绵，掺和着初始的样子，心痛里链接着一季花开。总是在等，你会来，我也一直会在。

南方的春天，快要走完了。

林花谢了春红，剩下的，一大片一大片的碧绿，撩得心只装得下一个人。偶尔有清风来，也只有清幽伴着寂凉。

绿得发亮的植物，全是枝枝蔓蔓，妖娆着心。我是喜欢栀子花的，一直都喜欢，不管将来，也不管来世。我喜欢它安静地开，像是等一个人来，慢慢爱，慢慢爱才有情调啊。

五月来了，没有什么奢求，唯有栀子花。我视为情花的花，才是我的期待。

午夜听老歌，再一次听得怦怦心跳。我看到栀子花一朵朵开了，开得那么香，那香味在心底刹那间就招来了前世。

梦里，有栀子花绽放的声音，很动听，也很温柔……

落红深深

　　一场春雨落下，地面变得潮湿了许多，包括人的心，也湿漉漉的像要向外滴水。

　　春雨，最是湿心又缠绵，只一个"春"字就足以乱心，又何况再加一个"雨"字，怎能抵得住这气流的侵扰。

　　随着春色的逐渐加浓，处处可见娇嫩嫩的绿芽在枝头渐露，还有娇艳艳的桃花、杏花、梨花在空气的流淌声里，尽情的妩媚着各自的姿色，如一幅幅美丽的风景，给这个季节增添了不同的韵味。

　　在雨中，我似乎听到有花瓣被风摇曳的心碎，自是一个爱花的人，又怎能不被这些惊扰得心不安宁。突然就有了外出的冲动，不管这雨有多凉，有多浸心。

　　石阶一级一级，全部被雨水湿得浸透，这时很少有路人经过，自是清静。空气带有泥土的味道，那味儿清香扑鼻，还带有一股股花香味，我知道，这是我喜欢的味儿，所以顾不得这春雨如何的凉心。

　　小雨初歇，有雨水从枝丫上滴落脸庞，湿湿的味很浓，也愁人。我是担心那些花了，怕它们的娇弱抵不过风雨的侵袭，而失去了它们的本色和妩媚。小柳枝也开始抽出了细细的长条儿，只是离小池塘的水面还有那么一段距离，风一晃动，那些停歇在枝头的小麻雀四处惊飞。

　　春雨湿心，润湿了烟花三月，淋湿了枝头的红红粉粉，也愁煞了我这爱花的人。

雨里看花，多是半喜半悲。都知道人间三月风景如画，只是这些美景却不能长长久久，岂不又伤了爱花人的心。一边走一边四处张望，风里的凉平添了几分冷意，也勾起了我的多愁善感。眼里的花儿已经湿得不成样子，几枝被风雨打歪的枝丫，凄楚楚耷拉在枝干上，异常凄美。

一阵一阵的雨不急不缓地下着，那情调宛如悠长悠长的音符，听得人心生出怅然轻叹。雨声里流淌着的韵味，是一个人念另一个人的情感，是细雨滴碎芭蕉，是雨打梅红声声脆。花下枝头，拾得落红，心深深疼。

此时，雨声密集，有愁情从心里溢出：

> 春天来信了，风摇曳枝头，
> 它掀开了一层，又一层浓烈，
> 我读一页又读一页。
> 读着念着，风把花儿摇醒，
> 桃花，开始有了喜色，
> 小柳枝，也轻佻得不行。
> 读着念着，细雨哭了，
> 花儿也落泪了，还有不开花的枯木，
> 也在春风里失语。

其实，我是不想写这么悲情的诗句的，只是雨里看花，就难免让爱花的人多了一层忧思。

我听雨声，看花瓣簌簌下落，再从一棵树移到另一棵树，这些情景是以前从未有过的感受。那时，我也曾在园林的树下，独自赏花，独自听风，独自看花开花落。

"花谢花飞飞满天，红消香断有谁怜"，这是《红楼梦·葬花吟》

里的一句。但我总归不是黛玉，也没有黛玉那般娇弱，虽自是喜极了，也会将所有的情怀深埋在心底。就像一段感情，突然感触某种声音穿越心脏，我也只会呆呆地怀想。

忽有斯人可想，就那么入了心。那些雨呀，花呀的情怀，又在一幕幕剪影里落地生根。

我捡拾了几瓣花，捂在手心。有点凉，是春雨的凉，我感受到了。

伴着阴凉的气息，空气里似乎有怀旧的味道，柔得人心碎。春色欲浓，却不敢贪恋太多，唯有在风花怒放的季节，捡拾几枚落红，而后，让心事温藏于心。

最是樱花灿烂时

一直不认识樱花,确切地说,没有正面与她相见。也许我曾经偶遇过,但未必就知道那是樱花。

在我的想象里,樱花一定就是那种一开就呼啦啦全都张扬,全都绽放,没有止境,没有约束,毫无保留地呈现自己。漫山遍野都是花的海洋,花的世界。白的、粉的、红的,也不管高的、矮的、胖的、瘦的,眼睛里全都是春天的味道和激情,甚至一遇见樱花,所有的血液都在血管里涌动,想冲出来跟樱花的盛放融合。

樱花给我感觉就是那种美得出奇,美得妖娆,但是跟妖艳不沾边。那种空灵的美似有一种潜意识的幻境在骨子里存留。

念起"樱花"二字,我的眼睛就有激情涌动,我仿佛看见整个枝头都是春的颜色,铺天盖地向我涌来,完全没有了止境,没有了退路,像奔赴一场倾心的爱情,不顾一切。

樱花的盛放就像爱情,明知花期不长,还是让自己开得那么决绝,那么深深。明知季节的枝头是凋零,是陨落,还是那么心甘情愿,开到荼蘼,开得灿烂,没心没肺地去奔赴一场没有结果的情感。

听说樱花节起源于日本,樱花也是他们的国花。初春的冰雪消融时,也就是樱花的季节,也听说日本的樱花才堪称盛放。一大片一大片的樱花树,几千株聚集在一起,那种绽放是空前绝后的,在日本人眼里,没有什么花可以与樱花媲美。

可以想象，那些穿着和服的日本女子，走在樱花树下那一刻的欢喜与眷恋，心动与激情，都在血液里迸发。那一刻，应该有光影穿过缝隙，有扑簌簌的花瓣轻轻落下，滑过时耳边却只是呻吟与疼痛。那是一场盛大的花事，即便是有疼的感觉，也带着喜悦和满足，因为它们是樱花呀，是一场注定的花期，没有什么可在乎的。

我很遗憾，这种花怎么可以生长在他们那里？如此遥远的距离让我心痛那一场没期望的遇见。

每年的春天到了，处处都可以听到"樱花"两个字在我耳边缠绕，就是无缘与它们相见。

朋友发来图片，我才有幸见到樱花的样子。初看时那场景算不上张扬，虽可以用繁花似锦来形容，但我觉得它们很娇气，有点薄凉，不厚实，怕是轻微的风吹草动，就会让它们消香玉陨，带着心痛离去。也许总归是图片，没有真实的接触，总有陌生感在心底泛起，如若真有机会遇见，也许那感觉又不会一样了。

听说樱花凋零时美得心痛，美得心碎，而我恰恰喜欢那种痛而美的感觉。震撼人心的场面总会激发起我内心的欲望，不太喜欢饱满的东西，就像感情，太柔顺了就缺乏一种激情，一种想象，一种追求。

总以为心碎的场景，才可以让心里最真实的情感散发出来。就像樱花，簌簌地下落，凋零得不成样子，像女子伤心时的眼泪，转瞬间，就湿了一大片一大片，满地都是落花，满地都是泪呀！

我期盼这样的日子到来，好与樱花有一场刻骨铭心的遇见。

即便最后是凋落时的心痛，也将会有满足的情怀，笑也要笑得灿烂，即使流泪满面，也无悔无怨。

心上春

三月春深，气温有点低下，空气里夹杂着一些冷气，掠人心扉。但我依旧对这个季节怀揣温柔，深情不减。

春来时，心里就萌生了一种情感，那情怀似有无数小虫子在心里游动。我知道那是春情，春情在体内惊扰人心。

一直不太钟情于春天，但今年不同往年，也许是又长了一岁，以至于这个季节在我眼里也成了特别。

于是，心里就想把这个季节种成我想要的颜色。礼拜天，我去了花店，看见那些绿得发亮的植物，心里就好生欢喜。

我又买了富贵竹还有兰花草。

富贵竹这是第二次买了。去年秋天的时候我已经买了一盆富贵竹，只是在冬日的时候，由于忙碌，没有尽心打理，被寒气冻死了，那时心痛极了。这次来花店，我一看见富贵竹就觉得内疚，于是我又一次买下了它。

也许真的年长了，对于这些有颜色的花花草草也不怎么排斥。进门就看见兰花草，兰花草是早上爬山在山上看见时，就有了养一盆的冲动，觉得那花朴实得惊人，不招惹，不妖艳，就那么在风里轻轻地摇晃，足以令我倾心。

转身时我看见了栀子花，这是我的最爱，我惊奇店主咋就养得这般好。我看见这几盆栀子花青绿得不得了，像准备盛装迎接这个情感泛滥的季节，尤其是那些花苞令我惊讶。算来应该还不是开花的时节（栀子花一般开在五月份），可这些花枝上真的长满了鼓鼓的小花苞，招惹我的视线不忍离开。

很久没有见到这么多品种的花了，心里有点小小的激动。

我的眼睛有点忙乱，拿出手机狂拍，对着这些花草，我忘记了时间的流淌，光阴的蔓延。海棠、杜鹃、月季……还有很多叫不上名的花朵，都各自争艳，开得激烈，激情得要命。

满屋都是花的浓香，呼吸一次比一次急促，嗅觉里全是满满的香味，想清醒一下都不行，浑身软软的，有思维被凌乱的错觉。渐渐地，我的嗅觉失灵，分辨不出哪种味是那朵花的了。

原来，有的花只能远远欣赏，靠得太近，反而失去了那种欣赏的心情。其实，我眼里的花，不是那种过分的香浓，也不是妖娆得要死的姹紫嫣红，而是那种清纯的细花小朵，一触及，就可以让全部的心事瓦解。而这种花也只能是栀子花了。

栀子花在这些花束里，清纯得有点出奇。光是那绿得发亮的叶就足以证明她的特色，且莫说她的花瓣有多洁白，香味有多迷人，风姿有多高雅。它不为谁争宠，不和谁争艳，没有任何杂色，不像有的花种，五颜六色的都有。

在我认识的花束中，只有她们的颜色堪称唯一，白得出色，白得出尘，像初雪，像爱情。我曾答应朋友，等栀子花开得最浓时，我会挑选最精致的花朵邮寄。

店主介绍了一些奇花异草，我对那些一点都不感兴趣。那些开得娇滴滴的花在我眼里只能是俗品，真真能开在我心里的花，绝对不能那般妖艳。也许，我要的是丰盈情感的东西，不是随便一些花就可以替代的。

春天太过妖娆了，还有一些浓得过分的感情，在花枝尖尖上，在心里，有点无力承受。

　　我又选了一盆碎花的满天星，这花虽然细小，但有一种朴实的气味，给人一种安心。是的，春天太诱惑，能选一些比较安心的植物，也是给自己心情的一种安放。

　　就像有些花草，她的绽放不仅仅只是取悦春天，而是为一个轮回尽情地展示自己的美。不管花期多长，不管有人在乎不在乎，欣赏不欣赏，她只管开成自己的一意孤行，即便是被遗忘和辜负。

　　回转身，我从花架上抱下那盆栀子花。我决定，将春的情怀全部播种。即便是这个季节去了，而这些暖色依旧在，就如某段感情……

　　一个人，拎着几盆花往回走，那风是凉的，没有多少热情，只有心事被缠绕得呼吸沉重。

　　忽而，我听到有熟悉的音符传来，瞬间击中了心脏，想落泪。呆呆地发傻，不想挪动脚步，任由情思蔓延，惆怅人心……

妈妈

妈妈今年七十有八了。回想曾经，念及往昔，我弱小的心脏禁不住连连颤动。

时间就是一个绝情的刽子手，它催老了妈妈的容颜，也消瘦了她老人家单薄的身体。看着妈妈日渐苍老的容颜，还有年复一年的风霜在妈妈脸上留下的斑点，我情不自禁地感叹岁月，感叹光阴，感叹生活的不易。

从我幼年的记忆起直到现今，妈妈在我的心里，都是一个坚强能干的贤惠女人。

小时的记忆是朦胧的，虽不记得完全，但在我的脑海里还是装满着年幼的很多情节。从我记事开始，妈妈就是我心里最伟大、最了不起的女人。那些年月，那个时代，一头短发的妈妈，精明能干，做事风风火火，决不拖泥带水。我们兄妹五个都是靠妈妈一手抚养成人，尽管那个时候老爸还在，但是已经有病的身体只能给妈妈增添一些负累。

从我开始有了记忆，家里大大小小的事情都是妈妈说了算，老爸只是附加地补充一下。但那个时候我特别爱老爸，因我小时候很调皮，经常出错，也经常不按妈妈的意思去做，少不了惹她老人家生气，最后不得不让妈妈舞动着小鞭子追赶我。那个时候我总是躲在老爸的后面，让老爸护着我。

那个时候在农村，家里经济条件不是很好，为了减少家里的负担，减轻妈妈的负累，哥哥姐姐他们都要为家里做贡献，只有我一个人上学读书，所以，我的童年和青春都是幸福得不知天高地厚。无忧无虑的那些年月，我除了怕妈妈发怒生气，很少有机会有时间去想一些烦恼的事情。

那个时候，可以说是衣来伸手，饭来张口，什么农村孩子背篓篓，挑担子的那些事对我来说是陌生的。我甚至记得最清楚最糟糕的一件事，就是妈妈叫我去菜地割韭菜，我去别人家的菜地里割了一把嫩绿的麦苗，回家还沾沾自喜。因为这件事，我挨了妈妈一顿臭骂，也少不了连累老爸，妈妈总说老爸宠坏了我。

我的记忆里，童年时代的事情还勉强可以记起，只晓得妈妈那个年代很辛苦，一个人独自撑起一个家。除了五个孩子，还要照顾多病的老爸，那时，我除了敬佩妈妈，还有做错事之后一种深深的自责。

那时，老屋的周围是整片的广柑林，前面是一大片菜地和麦田，再前面就是清澈见底的嘉陵江水，河的那边是四季常青的松树和高高低低、大大小小的山丘。记忆里，我的家乡是美得让人心醉的，这一切的一切，也见证着妈妈一路走来的艰辛。

我最喜欢童年里的春季，每年春来之后，那一大片的广柑林就幽绿得让人心跳，尤其是四月来临的时候，那整片整片的广柑树上全都挂满着白得透心的花骨朵，大的，小的，全都拥挤在枝头。尤其早上醒来，那广柑花的香味就一个劲往鼻孔里钻。

早晨的阳光透过旧旧的窗帘，依稀中可以听见妈妈在灶屋前忙来忙去的脚步声。起身洗漱后，拿出课本装模作样地看书，一边偷窥妈妈是不是在监督我。四月的春，到处是花朵，再加上那香得过分的广柑花，我的心思早已飞到树林中，想着那些飞来飞去的小蜜蜂。想着那些，我就发呆了，再后来，一截小木条就轻落在了头上。

都是广柑花惹的祸，那香气惹得人心思乱飞。

每到夏来的时候，我们都会到树下面去乘凉。那些日子，广柑树全都挂满了青色的果子，从豌豆那么大的时候起，妈妈就很早起来去捡落地的果。那些不成熟就下落的小青果，据说是一味中药材，可以卖一个好价钱。所以，每年的这个时候，哥哥姐姐们都很早起来跟随妈妈一起去捡，有时天不亮，就拿着手电筒去。很多次我在睡梦里醒来，看见妈妈回来的时候，手上拎着满袋的小果子。最后晒干，拿去卖钱，换回一些柴米油盐。

老爸有病，只能做一些轻松的农活，家里一般的重活都是妈妈和姐姐哥哥做。那些年月，屋里屋外都是妈妈忙碌的身影，哥哥姐姐的成长倒是给妈妈减轻了很多负担，但总是闲不下来的她，还是不轻易让自己停歇。

那些年，广柑树下，坝田里，河堤上，一个干练整洁的女人，走路都带着风，一群孩子跟在身后。日复一日，年复一年，岁月的风霜依旧淡化不了妈妈的坚强。

对河那边是小镇，三天一逢场，那时候外出打工的人少，每到赶集的时候，集市上人来人往，川流不息，拥挤得要命。很多次我都是跟在妈妈的身后，生怕挤丢了。那时，老爸就像一个小孩，每每眼巴巴地在坝上等妈妈回家，每一次妈妈都会带回一些老爸最喜欢吃的油条、薄饼和一些小零食。

妈妈经常说，上学读书才是我唯一的出路，一家人就供你一个人读书，你一定要努力争气。到底我还是辜负她老人家的希望，终究未能如愿。

那一年南下，是秋天。落榜后的我心情低落，只想着走出那个伤心之地，也是第一次走出那个养育了我十几年的廖家小巷。

走的那天，雨下得很大。我数了数身上偷偷攒下来的积蓄，还是不多。我不能告诉妈妈我要离开她们，我知道她绝然不会答应我孤身南下。但告诉了二哥，二哥那时候偏爱我，把身上仅有的几十元全部塞进了我的衣兜。

一个人的路上，雨越来越大，我哭得很伤心，县城的人流拥挤和陌生并没有让我止住决绝的脚步。

事后听大姐来信说，那一天得知我走后，妈妈哭得死去活来。一个人，那么大的雨，独自在县城的车站和大街小巷找了我一整天。老爸也气得病倒在床上。想想那时的我有多倔强，多任性。我长大了，我有自己的选择，有自己的心事。可是，我还是没有理解妈妈的苦心。

那一年，我走后，家里发生了很多关于我的事情，我知道，我对不起妈妈，对不起老爸，对不起牵挂我的人……

妈妈读书不多，但还是识得一些字，每次我的来信都要读上好几遍，而后流泪满面地担忧着我的大小姐脾气，总是担心我在外面怎么样怎么样……而后又是邮寄很多东西和钱给我。事隔多年，我回家后，妈妈还整整齐齐地收藏着我的信件。

到底岁月不饶人，终于，妈妈老了，老得让人心疼。

尤其最近这几年，妈妈的身体大不如前。每次回老家，她老人家就会讲年少时候的事，也许人老了，真的就怀旧了，每次的每次她都不厌其烦地讲着过去，每次的每次我都装模作样地听得十分认真。

尽管妈妈老了，但依旧还是那个爱干净、爱整洁的女人。依旧还是我心里最敬佩、最敬爱的妈妈。

上午妈妈打来电话，声音很小。我才醒悟过来，由于这段时间的忙碌，有好多天没有去看她老人家了，我后悔自己的粗心。妈妈说，这几天老是胸闷，还伴着隐隐的疼痛，我开始慌张了。

马上去了医院，挂号、排队、等候检查。再排队缴费，排队等候验血，拍片。一阵忙碌，脚尖有钻心的痛，才想起出门穿的高跟鞋磨伤了脚趾。

焦急的等待中，终于让我这颗悬着的心落地。医生说，没有什么大问题，只是胃里有少量的气体导致老人家胸闷，多陪陪她散散心，陪她说说话，人老了，精神上就会有一些孤独。

那一刻，我知道妈妈的心事了，原来，是少了我们的陪伴。

那一刻，我看着妈妈，她的眼里有一种渴求。我们兄妹几个都不在身边，她的心里就缺少一种温暖，以及一种亲人的温情。

妈妈永远都是妈妈，心里最想的还是我们。尽管她老人家老了，但她的心里始终装着我们，装着对我们无限的爱和牵挂。

写到最后，我想说的是母亲是最伟大的，母爱是最没有私心的！我只愿全天下的儿女们多抽时间陪陪自己的母亲，只有她们的爱才是最无私的爱！

有爱的日子孤独也是一种美

辞别七月，八月就在眼前。

夏，就快过去了，我扳着手指数着，还有几天了吧！我最爱的秋天也就快来了。

当我数着日子，看着窗外满世界的葱绿，对了，还有温柔的风，轻吻我的脸庞时，就觉得每一寸光阴，每一层空气，每一程时光都缠绕着我的身体。

我爱这样的日子，爱我身边所有大大小小的事物，包括人，包括花香，包括空气，包括生活里的很多很多的数不胜数。

七月，是紫薇花开的时节，我几次上得山去，都令我非常失望。原因是今年夏季气温偏高，雨水偏少，所有的花朵都推迟了花期。但我不急，我得耐心等待，因为爱，所以等待也是美好的。

我想看紫薇花怒放，那情景想想心就飘起来。

满山坡，满枝丫，满世界都在绽放，多美呀！遇上雨天，那水珠一颗紧跟着一颗往下掉，像小水晶，晶莹得眼球都焕发着绿光。

一个人的世界里，我特喜欢那份寂静的孤独。因为不喜欢热闹，不喜欢喧哗，更不喜欢沸沸扬扬和人潮拥挤。

我看花，看蝴蝶，看河水悠悠地流淌。看黄昏里的夕阳一寸一寸地下坠，若有风来，心儿就欢喜得不得了。那时，所有的心思都顺着风，追着花，还有水流声伴着，于是，这颗心就在柔软里包裹。

尽管，有时生活也有不如意、不舒心的时候。但是，我还是得感激生活！感恩遇见！感动关爱！感谢每一天我都活着！

人活着，就得追求诗意和远方。我不知道远方有多远，诗意有多长，但我都得顺着这个方向前行。

不知道从什么时候起，我爱上了文字，爱上了诗，爱上了生活里的一草一木。

忙乎完生活里的琐事后，就忙着一日三餐，忙着一边看书一边听音乐，再忙着梳理每天的诗情画意。有诗意的日子里，再怎么辛苦的生活都觉得是一种成就。

在日益积累的日子里，终于，我有信心出版了第一本诗歌集《白月光的孤独》。

日前，收到出版社左左的电话，她说，我的诗集已经全部整理完毕，且先印刷了一本出来邮寄给我，特嘱咐我收到后，如果满意且没什么大的改动，她们就准备着手印刷。

说实话，打开包裹时，我真的非常喜欢，至少说第一眼的感觉我很满意。深蓝色的封面，典雅、精致。

生活中，我一直都偏爱蓝色。有人说蓝色代表忧郁，给人深沉冷清的感觉。而我不这样认为，我觉得蓝给人第一眼感觉是让人内心宁静、安定，是最能净化心灵的颜色。

所以，封面设计我选择了蓝色做背景。至于"白月光的孤独"这个标题，不只是仅仅有孤独，而是一种对爱、对生活的渴求，对未来的向往。

我宁愿

我的笑容都种上孤独

哪怕，呼吸都带着寂寞

　　我只想，你能听懂

　　那一地碎得不像样的白月光

　　砸得人揪痛，揪痛

　　之所以他应该是不孤独的，且还有着浓情厚意。尽管这本诗集有的文字还带着青涩的味道，但那些都是生活里真真实实的一部分。

　　我爱这些长满细菌的小字，更爱诗的魅力一步一步诱惑着我的心。喜欢把一粒粒文字烹煮成丰盛的饭食，喜欢在茶余饭后一遍又一遍地咀嚼着每一组、每一句的诗情画意。

　　典书里说："真正的孤独是高贵的，孤独都是思想者，当一个人孤独的时候，他的思想是自由的，他面对的是真正的自己，人类的思想一切都源于此处。"

　　其实，生活有时候需要一种孤独来承受繁杂世间的压抑。有时，孤独也是一种美丽，也是一种爱的表达方式。

　　真正一个人时未必孤独，孤独只是他们的外表，而其内心是丰富的。

　　我相信书里那句话："不会享受孤独的人，他们永远都学不会享受人生。"